超杀人事件

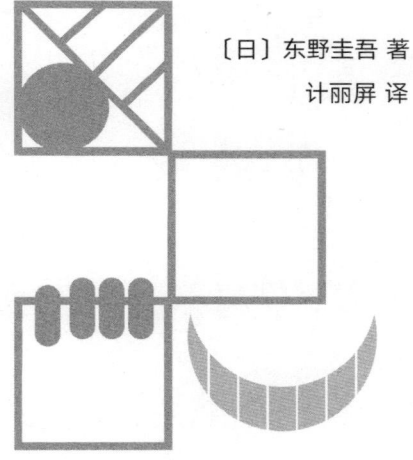

〔日〕东野圭吾 著

计丽屏 译

南海出版公司

新经典文化股份有限公司
www.readinglife.com
出 品

目录

超税金对策杀人事件	1
超理科杀人事件	35
超猜凶手小说杀人事件	71
超高龄化社会杀人事件	111
超预告小说杀人事件	145
超长篇小说杀人事件	181
魔风馆杀人事件	221
超读书机器杀人事件	227

超税金对策杀人事件

1

《冰街杀人》第十回

终于来到这里了。芳贺站在旭川车站前,心想逸见康正一定就在这座城市的某个地方。

大雪覆盖着路面,来来往往的行人留下了无数脚印。一个念头忽然在芳贺脑海里闪过:这密密麻麻的脚印中,会不会就有逸见的呢?他一边想,一边向前迈出一步。脚底传来踩踏积雪的触感,发出干巴巴的咔嚓声。

芳贺身后传来一声轻轻的惊呼,回头一看,静香正摇摇晃晃地向前迈出一步。

注意到芳贺的视线,静香有点难为情。"鞋底打滑了。"

"你要小心。到了住处先去买双鞋吧，"芳贺指了指她脚上的黑色高跟鞋，"穿这样的鞋，在雪地上走太危险了。"

"是啊。"话音刚落，静香脚下又是一滑。她尖叫一声，身体失去平衡。

芳贺连忙伸手，一把抓住她的右手，往回一带，顺势搂住了她。"不要紧吧？"

"嗯……对不起。"静香抬眼看向芳贺。

她的睫毛上沾了一些细小的雪花。不知是不是雪花融化了的缘故，她的眼睛有些湿润。看着这双眼睛，芳贺的心忽然剧烈地跳动起来。为掩饰自己的失态，芳贺放开了她。

"你要格外小心才是。"他说，"毕竟你现在身体不太方便。"

"我知道。"静香说着低下头，随即又抬起头看着他，"你说，他真的会在这里吗？"

"根据他留下的信息，应该就在这里。"芳贺从皮大衣口袋里拿出一张纸片。

纸片上写着一些令人费解的数字和英文字母。这是逸见康正留下的唯一线索。昨天晚上，芳贺对此反复研究，终于发现原来写的是"ASAHIKAWA"，就是旭川。

"走吧,在这种地方待得太久对身体不好。"说着,芳贺拿起二人的行李,向出租车停靠站缓步走去。

芳贺边走边告诫自己:你究竟在期待什么?身边这个女人是逸见最重要的人,是你朋友的未婚妻,腹中正孕育着她和逸见的爱情结晶。

他们坐上出租车——

扑通!

楼下传来一声巨响。我刚在电脑里输入"他们坐上出租车",闻声急忙收住在键盘上跳跃的手指,走出房间,站在楼梯口冲着下面喊:"喂,怎么啦?"

没人回答,于是我走下楼梯,只见妻子仰面朝天倒在厨房的水槽前,裙摆高高翻起,内裤都露了出来。

"喂,你怎么啦?快醒醒!"我一边摇晃妻子的身体,一边啪啪地拍打她的脸。

终于,她的眼睛睁开了一条细细的缝。"啊,老公……"

"你怎么啦?"

"这、这、这个……"说着,她把拿在右手中的纸递给我。

我接过一看,是一份滨崎会计师事务所寄来的文件。

这家事务所的所长叫滨崎五郎,是我的高中同学。我成为小说家已有十年,终于在今年取得了前所未有的佳绩,收入骤然增加了许多。为此,几天前我特意去找了一趟滨崎,让他准备来年春天帮我申报所得税。以前收入太少,我足以应付税务相关事宜,所以每次都是自己凑合着申报。

文件中写着来年春天我必须支付的大致税额。

起初我神志恍惚地看着这个数字,接着睁大眼睛细看,最后忍不住数起了零的个数。

"哈哈哈!"我狂笑起来,"哈哈哈,哈哈哈哈,这怎么可能!哈哈哈,哈哈。"

"老公,你要挺住啊。"这回轮到妻子来摇晃我了。

"这种事情怎么可能!这……毫无道理的……这……混账的……这……信口开河的金额,为什么?哈哈哈!"

"这是真的,是我们必须缴的金额。国家真的要收我们这么多钱。"

"开玩笑,这一定是个玩笑!我辛辛苦苦赚来的钱……我怎么能接受这种毫无道理的事情!"

眼泪不争气地流了出来。我啊啊地叫着,大哭起来。

"怎么办?家里没有这么多钱。我们该怎么办呀?"妻子也哭了,一张脸上净是眼泪和鼻涕,都不成样子了。

"快把滨崎叫来!"我对妻子命令道。

2

三个小时后滨崎终于来了。这时太阳已落山,可他仍高高地挽着衬衫袖子,脖子上有一层细细的汗珠。大概是因为胖,他比常人更容易出汗。看着他,连旁人都会觉得闷热难耐,似乎他一进来,室温便会陡然上升两三度。

"看样子你已经看过文件了。"一进门,滨崎就大声嚷嚷着。

"看了。"我回答,"吓了一大跳。"

"这也难免。谢谢。"妻子端来咖啡,滨崎喝了一大口。

"那个数字究竟是怎么回事?开玩笑的吧?"

"我也希望只是个玩笑,可惜不是。那是根据你今年的收入和给我的收据算出的结果。正式申报时我会再好好计算一遍,但出入应该不会太大。"

"可是,这么大一笔钱……"

"是的。我很同情,但你不能不缴。"

站在一旁的妻子闻言又开始嘤嘤啜泣。

"你下楼去吧。"我对她说。

妻子用围裙擦着眼睛下了楼。她头上缠着绷带,因为刚才摔倒时磕出了一个很大的包。

"那,你有什么办法吗?"我问滨崎,语气不自觉地有了讨好的味道。

"如果你早点找我,我还可以想想办法,可现在已经十二月了。"滨崎看上去很为难,"最多也就是多找一些收据来,没有更好的办法了。"

"收据那天我都给你了,只有那些……"我叹了口气。

"唉,就是那些收据,还有不少问题呢。"滨崎说。

"问题?"

"其中有一些需要跟你确认。"滨崎从黑色手提包中拿出一个文件夹。

"怎么回事?那些可都是合法合规的收据。"

"收据本身没有问题。但是,"滨崎打开文件夹,"首先是这一张。四月份你去夏威夷旅行过,对吧?"

"是啊,那又怎么啦?"

"我在考虑用什么名目处理。"

"这有什么好考虑的,就说是为了找素材不就行了吗?"

"我也这样想过,但今年你写的作品中完全没有关于夏威夷的内容,没错吧?"

听滨崎这么一说,我回想了一下今年的作品。除了四篇短篇小说,其余全部是连载。仔细想来,的确没有一部提到过夏威夷。

"好像还真是。"我说,"这样不行吗?"

"不太合适,应该说很不合适。"滨崎伸着短粗的手指挠了挠鬓角,"听说税务局最近来了一些专家,专门检查从事写作的人的收支情况。他们会通读各自负责的作家的所有作品,不会放过任何细小的地方。"

"啊,怎么会这样!"我又想哭了,"就是说,去夏威夷的旅费不能算写作支出?"

"是的。"

"这也太不讲理了!难道为了明年的写作计划去夏威夷旅行也不可以吗?这样说对方应该能接受。"

"这样说他们的确能接受,但是会要求你把这部分费用算到明年的经费中。"

"这些混账变态狂!"我叫了起来,"难道税务局的官员喜欢折磨人吗?"

当然我是以开玩笑的语气说的,但滨崎并没有笑,不仅如此,他还一脸平静地说:"没错。我有一个关系不错的朋友在税务局工作，他说税务局通常会优先录用多少带点施虐倾向的人。"

我抱头大喊："你要帮帮我！"

"有没有可能把夏威夷写进今年的小说？"滨崎问。

"来不及了！这是今年最后一项工作。"我指着电脑说。屏幕上仍显示着妻子倒地时我输入的内容。

滨崎瞟了一眼，说："这是你正在写的东西？"

"嗯。这是第十回连载的内容，计划在下一期杂志上发表。"说着，我伸手端起已经冷了的咖啡。

"有没有可能把夏威夷写进去？"

听到滨崎的话，我差点把口中的咖啡喷出来。

"别胡说了！这一回的故事发生在北海道，跟夏威夷一点关系也没有。"

"把这些毫不相干的事情串在一起、使其合理化，不正是小说家的工作吗？难道你更愿意多缴税？"

"我不愿意。"

"那就按我说的去做。还有，"滨崎看着文件夹继续说，"你在夏威夷买了不少东西，还打了高尔夫，可能的话把这些也写进去，因为这些收据也需要有合理的解释。"

"解释？"

"就是需要正当的理由。只要小说中有主人公在夏威夷购物、打高尔夫的内容，我们就可以宣称这一切都是为了写小说所做的亲身体验。"

"那就告诉他们，当初本打算写这些内容，可后来想法变了，所以故事发生的场所、情节也都变了。这样不行吗？"

"如果对方能接受这种说法就好了，"滨崎交抱双臂，神情郁闷，"但我估计行不通。"

"就因为他们是施虐狂？"

"也许吧。"

"现在再把旭川改成夏威夷太牵强了，因为主人公已经弄明白暗语，并来到了旭川。再说，为获取素材，我也去旭川旅行过，不把旭川写进小说也不合适吧？"

"这个……关于这一点，等会儿再想办法。除了这些以外，收据还有好多问题呢。"

"还有问题？"

"你看这些。"滨崎从文件夹中抽出一沓收据。

"这些又怎么啦？有什么问题？"

"这些收据都很难计入写作费用。你看这一张，十九万五千元，商品名称是女式风衣。是给你夫人买的吧？"

"这是今年一月份大减价时买的，这也不行吗？"

"为了讨夫人欢心嘛，这当然行，问题是不便计入写作费用。"

"为什么？二十万日元以下不是能以消耗品的名义处理吗？我可是花了不少心思，才找到价格这么合适的衣服。"

"可毕竟这是件女人衣服，你的工作用得着这种东西吗？"

"这个……"我抱着胳膊沉吟起来。

"还有这张，"滨崎说着又拿出一张收据，"购买男士用品的收据。西服、衬衫和领带，加上鞋一共是三十三万八千七百元。"

"这些都是我的东西。"我说，"应该没问题吧，这可是为了工作才买的。"

"为了工作？"

"我是为了参加全国推理作家协会举办的聚会才买的，而且为杂志拍照时也穿了。"

"哦，"滨崎挠了挠头说，"不太好办。"

"你说什么？这有什么不好办的！"

"你别生气。不管怎么说，服装这种东西处理起来就是非常麻烦。的确，从事你这种工作的人，平时不需要穿西服打领带，只在正式场合才用得上。可税务局的官员不会接受这个理由，他们一定会说你在私人场合也可能穿之类的。"

"我才不会穿呢。"我说，"私人场合谁会穿阿玛尼的西服？平时有牛仔裤和T恤衫就足够了，这你知道。"

"我当然知道，问题是税务局的人才不理会你那套说辞呢。"滨崎的眉头皱成了八字。

我哼了一声。"那我该怎么做，他们才能接受呢？"

"他们定义的消耗品，原则上只限于那些明显只用于工作、不能用于其他用途的东西，比如文具之类。"

"文具不是也可以用在工作以外的事情上吗？"

"这就是使用频率的问题了。税务局官员会武断地认为，服装更多是在工作以外的时间穿。"

"难道他们就这样擅自决定、胡乱收取税金吗？"

"这是税务局的政策，是国家的政策。"

真该死！我忍不住抬脚向桌腿踢去。桌腿是钢制的，一脚踢过去，钻心的疼痛让我差点流下眼泪。

"还有，"滨崎接着说，"上个月你还买了一台电脑。"

"对，就是这台。"我指了指桌上的电脑，"我一狠心把旧文字处理机扔了，换了一台新电脑。这个应该可以算入写作费用吧？"

"可以，但不能按消耗品处理。"

"哦，为什么？"

"收据上的金额是二十二万元。二十万元以上的东西原则上是作为固定资产计算的，所以要按折旧费计入写作费用。"

"按什么名义无所谓,重要的是二十二万元可以算入写作费用,对吧?"

"对,但计算方法不一样。固定资产要根据使用年限,把每年折旧的价值换算成金额计入写作费用。简单地说,就是从二十二万元中计算出今年用掉了多少价值。"

"这种东西也能计算?"

"当然能,这些都有计算公式。今年只用了两个月,最多也就能折几千元。"

"啊……"

"还有这张,你好像还买了卡拉OK机。"

"这是我们夫妇俩共同的爱好。"话一出口,我意识到了问题所在,"买这套设备总共应该花了几十万,这也只能按折旧费来计算?"

"这倒不用。每一部分的收据是分着开的,不需要按折旧费来计算。"

"太好了!"

"但问题是,"滨崎接着说,"从你的工作性质来说,卡拉OK机不是必需品。"

"什么?"

"没人听说过写小说还需要卡拉OK机。不用说,税务局官员一定会提出异议。"

我抱紧了脑袋。"你什么意思?难道夏威夷旅行、阿玛尼、卡拉OK机的费用都不能算进写作费用吗?电脑也只能算一丁点儿金额?"

"这还只是其中一部分,类似的收据还有很多。我真不知该怎么说好。"滨崎看着文件夹,眉头紧蹙,"事实上,上次寄给你的文件中的金额,是我忽略了这些问题后算出的结果。到了税务局,税额还会增加。"

"大概会是多少?"

"我觉得这个金额你不问最好,可不听也不行。"滨崎先警告了我,然后说出一个数字。

我猛然间一阵眩晕,好不容易才在椅子上坐稳。

"这么多钱我上哪里去找啊!"

"其实你这种情况很常见。收入增加本来是件好事,可很多人在这种时候往往不会想到所得税,有了钱就大手大脚地花掉了。"

"你别说得那么轻松,显得事不关己似的。"

"我没有。我也希望有办法帮你。对了,你还有居民税要交呢。"

"居民税?"我看着他,"你刚才说的金额里不包括居民税?"

"对不起,那只是所得税。"

"那居民税……"

"我替你大概算一下吧。"滨崎拿出计算器放在掌心上,噼里啪啦地按着键,然后把金额说了出来。

这回我感觉真的昏过去了,一口气似乎就要上不来。

就在这时,外面传来扑通一声巨响。我醒过神来,飞快地跑了出去。

妻子像上海杂技团的少女演员似的,手脚缠在一起倒在楼梯下方。

我急忙跑下楼把她抱了起来。她口吐白沫,喃喃道:"税金、税金、税金……救命啊!"看来她偷听了我们的谈话。

"喂,不要紧吧?"滨崎站在楼梯口问道。

我轻轻放下妻子,回到楼上,一把抓住滨崎的衣领。

"喂,你干什么?"他看上去很害怕。

"我该怎么办?"我问他,"只要能减少税金,你让我做什么都可以,什么事我都做,什么样的小说我都愿写。快说!"

迫于我的气势,滨崎短粗的脖子上下动了动。

3

《冰街杀人》第十回

终于来到这里了。芳贺站在火奴鲁鲁机场前，心想逸见康正一定就在这个岛上的某个地方。

路面反射的太阳光非常刺眼，他忍不住皱了皱眉。

身后传来一声轻轻的惊呼，回头一看，静香摔倒了。

"高跟鞋的鞋跟断了。"她说。

"你要小心。到了住处先去买双沙滩凉鞋吧，"看到她身上的风衣，芳贺又补充了一句，"还有夏装。"

"是啊，真是热得够呛。这种东西根本用不着了。"静香脱掉风衣，刺啦刺啦撕破，随手扔到地上。

"为什么非得把风衣撕破？"我问站在旁边的滨崎。这个情节是他让我写的。

"这样写的目的就是要告诉税务局官员,你为了写这个情节,真的把风衣撕破了。这样,买风衣的钱就可以当作试验材料费算到费用中了。万一税务局的人来调查,你可得把这件风衣藏起来。"

我心悦诚服地点了点头。"这么说我的衣服也可以用这个方法计入费用了?"

"对,但都用撕的方法显得太单调了。"

"我知道了。"我又开始敲击键盘。

看着她的举动,芳贺也觉得身上的衣服有些穿不住了。他脱去阿玛尼西装,解下领带,又脱掉衬衫,然后拿出打火机点燃,衣服随即开始冒出烟雾。阿玛尼的衣服实在是很易燃。接着,他又脱掉脚上的鞋,随手扔进火堆,顿时一股皮革的焦煳味直钻鼻子。

"这下舒服多了。"芳贺身上只剩下一条平角短裤。

"啊,真舒服!"

静香的脸上沾了一些细细的沙粒,她仰望天空,额头上的汗水顺着脸颊流向脖颈。看着她身上的汗,芳贺真切地感受到自己到了夏威夷。一段旋律开始在他的脑海中响起。

"晴——朗的天空

轻——轻吹过的风——"

"这歌太老了,有没有新一点的?"滨崎在一旁说道。

"一下子还真想不起来有关夏威夷的歌。"

"那就算了。就用这办法,不时在作品中插入一些歌曲,这样就可以把卡拉OK机作为资料和资料检索设备计入费用中了。"

和着芳贺的歌声,静香跳起了舞。她一不小心脚下一绊,打了个趔趄,芳贺急忙上前扶住。

"你要格外小心才是。"他说,"毕竟你现在身体不太方便。"

"我知道。"静香说着低下头,随即又抬起头看着他,"你说,他真的会在这里吗?"

"根据他留下的信息,应该就在这里。"芳贺从短裤口袋里拿出一张纸片。

纸片上写着一些令人费解的数字和英文字母。这是逸见康正留下的唯一线索。三天前,芳贺将那些字重新排列组合,反复推敲,得出的结论是"ASAHIKAWA",就是旭川。

"问题是下一步该怎么做。"我说,"上一回已经有了解读暗语的场景,得出了'ASAHIKAWA'的答案。现在我该怎么处理这个答案呢?"

"你可以写他们也去了旭川,"滨崎有些不负责任地说,"不料发现这个答案是错误的,而且又发现了一个暗语,其中的信息提示目的地原来是夏威夷。这样,去旭川寻找素材的旅费也可以算到支出费用中了。"

"哎呀,这太牵强了吧?"我提出异议,同时却又决定按他的建议写下去。

    根据暗语提示的信息,两天前芳贺和静香去了一趟旭川。那里的街道覆满白雪,二人并肩走在冰雪封冻的路上。

    他们在旭川市内发现了逸见康正的一个秘密办公地,但逸见早已不见踪影,而且整个房间好像遭到了洗劫一样空无一物。

    "这是怎么回事!暗语提示的信息指的应该就是这里呀!"芳贺懊恼得举拳直砸墙壁。

    "等一下。这里有一些奇怪的符号。"静香指着房间的一角说。

芳贺走近查看，发现墙上用小刀之类的东西刻着什么。

"没有伞　逸见"——上面刻着这样几个字。

"没有伞……逸见……"芳贺念着墙上的字，回头看向静香，"你认为这是什么意思？"

"不知道，"静香摇了摇头，"会不会是说外面下雨了，可是没有带伞，所以不知道该怎么办……"

"如果只是这个意思，他完全没必要特意把这些字刻在墙上。你不觉得奇怪吗？"

"说的也是。"静香歪着脑袋皱起了眉头。

芳贺再次盯着那行字。纸条上的暗语无疑说的就是这个地方，因此逸见早就猜到芳贺和静香会来这里，墙上谜一样的字一定是留给他们两人的。

"没有伞……"

カサガナイ，傘がない，KASAGANAI①——"没有伞"这几个字的不同写法不断在芳贺的脑海中闪现。

终于，一道亮光出现在他眼前。

"我明白了！"芳贺击掌道，"我明白了，静香小姐。"

"是吗？是什么意思？"

---

① "伞"在日语中读作KASA，此处为"没有伞"在日语中的三种书写方法，分别为片假名、平假名、拉丁字母。

芳贺打开记事本,用铅笔写下"ASAHIKAWA"。

"从这个词里面去掉伞就可以了。"他说。

"啊,伞?"

"对,是伞——K、A、S、A。"芳贺划掉了这四个字母,那个词变成了"HIAWA"。

"把这几个字母按H、A、W、A、I的顺序重新排列一下,就是夏威夷了。"

"夏威夷……"静香眼睛都瞪圆了。

"是的,逸见现在就在夏威夷。"说着,芳贺指着窗外南方的天空,"我们去一趟夏威夷吧,静香小姐。"

"好的。"她重重地点头,应了一声。

就这样,二人来到了夏威夷。

"太好了!"我看着电脑屏幕点了点头,"我终于把这两个人弄到夏威夷去了。"

"只要有想法,还是能做成呀。真不愧是职业作家。"滨崎好像很感慨。

"现在已经把故事发生地点从旭川搬到了夏威夷,接下来只要展开情节就行了。"

"你别胡说了!还有一大堆收据不知道怎么处理呢。"滨崎从文件夹中取出一沓纸在我眼前晃了晃。"首先,你在夏威夷买了东西,还打了高尔夫,这些也必须写进作品,才能找借口算到写作费用中。"

"知道了。"我重新面对电脑,开始敲打键盘。

在宾馆办完入住手续,芳贺和静香去了阿拉莫那购物中心。这是为了避免让躲在暗处的组织察觉他们不是普通游客。谁也不知道组织的那些人会不会正在某处盯着他们呢。

静香买了一个包、五件衣服外加三双鞋。芳贺买了一条斜纹休闲裤、一件衬衫和一双菲拉格慕牌鞋子。除此之外,静香还买了一些香水和化妆品。

"现在我们看上去和普通游客没有区别了吧?"芳贺双手提着大大小小的纸袋说。

"是啊。到了夏威夷却一点东西也不买,别人会觉得我们很怪,容易引起注意。"

"对,在找到逸见之前,我们绝对不能引起别人的注意。"

"我们能找到他吗?"静香担心地问。

"没问题,我一定会帮你找到他。"芳贺拍着胸脯许诺。

"可我们一点线索也没有啊。"

"不对,我们有线索。逸见不是很喜欢打高尔夫吗?我听说他为了打高尔夫都到了废寝忘食的地步。到了夏威夷,他不可能一次球都不打。只要我们找遍夏威夷的高尔夫球场,肯定可以发现一些线索。"

"去球场顶多也只是向工作人员打听有没有这样一个人来打过球,我觉得不会有太大收获。"

"你说得没错,所以我们只能去那些球场假装打球,伺机寻找线索。当然我们这样做会很累。"

"是啊,确实会很辛苦。"

两人前往高尔夫球用品店,买了高尔夫球杆、球袋、鞋和整套高尔夫球衣。

4

滨崎噼里啪啦地敲打计算器的数字键,然后看着液晶显示屏,惊呼一声,把计算器举到我眼前。和他一样,我也大吃一惊。

"还差得很远呢。"滨崎说,"你还有没有金额大一些的收据?不是一两万元的小额收据,而是几十万元的。"

"没有。"我叹了口气,"我又不去银座之类的地方玩,也没有租房子办公。"

"小说还剩多少页?还有深入的余地吗?"

"这个嘛,这一回就快写到结尾了。"

"那么我们必须充分利用余下的短短几页。"

连载小说《冰街杀人》的故事情节已被改得乱七八糟。主人公们在夏威夷买了很多东西,去几个高尔夫球场打了球,游览了夏威夷岛,然后一无所获地回到了日本。在成田机场刚下飞机,又直奔草津温泉。不用说,这都是为了把今年秋天我们去温泉旅行的费用纳入写作费用而设计的。

房间外传来有人上楼的声音,好像是妻子。

"老公,"她推开门喊了一声,"你看这些能不能用?"她递给我一个信封。

"这是什么?"

"收据。我去娘家要来的。"

"太好了!"我接过信封,把里面的东西一股脑儿倒了出来。

"真不愧是贤内助啊。"滨崎恭维道。

妻子的娘家离我家很近,步行只需十五分钟。

"这些用得上吗?"妻子显然有些担心。

"这个……"我一一查看收据,很快便察觉自己脸上乌云密布。

"怎么样?"滨崎问。

"不行,这些没法用。"我边说边把一沓收据递给滨崎。

"让我看看。"他粗粗翻了一下收据,脸色很快也晴转多云。

"不行吧?"我说。

"浴室改建费五十六万元、汽车修理费十九万元……"滨崎挠了挠头,"如果是你家改建浴室和维修汽车,或许还能勉强找一个合理的借口,换成你夫人娘家的事情可就不好办了。"

"你觉得按寻找素材的费用来处理这些收据行不行?"我问,"我可以把改建浴室和维修汽车的情节写进小说。"

"这……恐怕不行吧。改造过的浴室和修好的汽车是你夫人娘家的人在使用,这会涉及赠与税。"

"是吗?"

"不过,"滨崎一手按着额头,"如果为了工作故意把浴室和汽车弄坏,也许说得过去。"

"什么意思?"

"就是说为写小说,无论如何都需要真正去做,于是故意把你夫人娘家的浴室和汽车弄坏了。既然是你弄坏的,当然不能置之不理,所以修理费就由你承担。"

"对呀!"我恍然大悟,但还是向滨崎抛出了一个问题,"可是,不毁坏浴室和汽车就不能写的小说是什么样的呢?"

"这是你的事。这个,大额收据……"滨崎一张张翻看妻子拿来的收据,嘴里念念有词,"挂轴二十万元、壶三十三万元……什么呀这是?"

"我父亲爱好古董,"妻子回答,"每个月都会去几次古董店,把一些看上去破破烂烂的东西买回家……"

"嗯,这个可以用!"滨崎拍了一下膝盖,看着我说,"你在小说中写一些有关古董的知识。"

"啊？可我对古董一窍不通。"

"不要紧，只要煞有介事地写一点就行。这样就可以解释说为了学习小说中用到的古董而购买了一些。毕竟也有不少古董可以当作写作素材。"

"煞有介事地写一点……"我为难地直挠头。

"利用这一办法，这张收据也可以计入合理支出了。"滨崎向我出示一张收据。

那是一家美容院开具的，我记起岳母曾经去过。

"老公，这张能用吗？"妻子抽出一张纸片。

我接过一看，是超市的购物小票，牛肉、葱、豆腐、蒟蒻丝、鸡蛋——今晚做牛肉火锅的食材赫然在列。

5

《冰街杀人》第十回（续）

从草津温泉街驱车约二十分钟，芳贺踩下刹车。沿一条未铺柏油的路向前看，正前方有一栋白色建筑，建筑后面是一片树林，周围没有其他民居。

"根据推理，逸见应该就在这里。"下车后，芳贺抬头看了看屋顶说。

"怎么进去呢？"静香四下寻找入口。

"当然是从正门了。"说着，芳贺向前走去，却下意识地停下了脚步，再度查看这栋建筑，"奇怪，门在哪儿？"

"就是说嘛，我也正纳闷呢。"静香说。

仔细一看，这确实是一栋非常奇怪的建筑。整面外墙抹了一层白色的泥,四周没有门,只有一扇非常小的窗。

芳贺把车停到唯一的那扇窗下,爬上发动机盖,向窗内望去。乍一看,里面黑乎乎的什么也看不清,凝神再看,只见黑暗中像有一个人倒在地上。

"喂!"他冲着那个人喊了一声。对方没有任何反应。

芳贺想从窗口爬进去,无奈窗口只有约三十厘米见方,难以实现。

"里面有人,我们得设法把他救出来。"芳贺对静香说。

"怎么救?"

"交给我吧。"

芳贺回到车上。汽车忽然向后退去,车头随即对准建筑猛冲过去。

随着一声巨响,芳贺感到一股强劲的力量冲向自己。汽车前端凹了进去,建筑的墙壁也快塌了。

芳贺再次倒车,然后和刚才一样踩下油门,撞向建筑。这次墙完全倒了,里面是个浴室。(为写这一情节,需要对浴室和汽车进行毁坏性试验。两项修理费计入写作费用。)

"啊，康正！"静香叫了起来。

倒在浴室地上的正是逸见康正，他面如土灰，不省人事。芳贺搭过手去，发现他已没有脉搏。

"他死了。"芳贺低声道。

静香大哭起来。

芳贺检查逸见的身体，发现后脑有血，像是遭到了什么东西击打。

芳贺又看看周围，发现了一个古伊万里的壶，白色的壶身上画着鲜艳的图案。芳贺说："凶器好像就是这个。"（为了写古伊万里，学习了有关古董的知识。为此购买的若干资料的费用计入写作费用。）

"太过分了！"静香瞪着那个壶。她额头青筋暴起，眼睛已哭肿，眼影也掉了。她的眼影采用了今年的流行色，与玫瑰色的口红非常相配。（为描写这一情节，了解了化妆品的相关知识。作为资料购入的十几件化妆品费用计入写作费用。）

"先去报警吧。"芳贺再次回到车上发动引擎。但可能是因为那两次撞击，车已经坏了，毫无反应。"这可怎么办呢？现在可不能在这种地方傻等。"

"去马路上拦车吧。"

静香来到路边，往上拉高超短裙，摆出一副很性感的样子开始拦车,遗憾的是没有一辆车停下。

"怎么会这样!"静香气恼得咬牙切齿。(为练习磨牙,弄坏了假牙。假牙费用计入写作费用。)

好不容易有一辆车停了下来,驾车的竟是一个女人。

"你这个样子在路上是拦不到车的。"女人说。

"你这样说太失礼了吧。"静香噘起了嘴。

"我捎你吧。上车。"

运气还算不错,女人让静香上了车,芳贺也跟着坐了进去。

"请带我们去警察局。"他说。

"一会儿再去警察局,你们先跟我走吧。"女人说。

芳贺和静香被带到一家美容院。

"你们先在这里做个美容。"

芳贺和静香被迫躺到美容床上。原来那女人竟是知名美容院的老板。美容师给二人全身抹上乳液,开始按摩起来。(美容费计入写作费用。)

离开美容院,二人直奔警察局。

带着警察回到现场,只见那栋白色建筑已经燃烧起来。

"糟糕!"芳贺喊道,"趁我们离开的工夫,凶手把这里烧了!"

他们马上报了火警。不一会儿,消防车来了,火很快被扑灭,然而建筑已经烧掉大半。

芳贺心有不甘地检查废墟,逸见的尸体已不见踪影。

"奇怪,哪里去了呢?"芳贺自言自语道。

废墟中隐隐约约残留了一些东西,仔细一看有五件女式和服,其中一件是大岛绸的,已全部化成灰烬。(做了燃烧试验。五件和服费用计入写作费用。)

此外还有一串珍珠项链和一枚一克拉的钻戒,同样被烧成了灰。(同理,项链和戒指费用计入写作费用。)

"还有其他东西吗?"芳贺问正在废墟上搜索的警察。

"被害人好像在这里生活过。"警察说,"我们发现了一些食物。"

"都是些什么?"

"有牛肉、葱、豆腐、蒟蒻丝、鸡蛋……"(为弄清这些食物燃烧后的状态而做了试验。材料费计入写作费用。)

6

二月二十日,我请滨崎代我向税务局提出申报。尽管故事情节牵强,但我终究把庞大的金额成功纳入必不可少的写作费用中。这样,虽然今年的收入比以往任何时候的都多得多,税金应该仍会退还到我手中。我们举起酒杯,连声欢呼。

三月二十日,地方税务局把我叫去,要求提交必要支出的明细。我提交了他们要的文件,并附上《冰街杀人》第十回的原稿复印件。然而,除了一小部分以外,大部分写作费用都不被认可。我不得不缴纳巨额税金。

我和妻子不知所措。现在依然不知所措。

《冰街杀人》第十回发表以后,再也没有出版社来找我约稿了。连载也中止了。

我该怎么办?!

超理科杀人事件

(不喜欢看这部小说的读者请跳过)

1

今天是星期天，天气非常晴好，我决定步行去车站附近逛逛。平时都是坐公交车去的，其实步行也只需要二十几分钟。

到了车站附近，我走进一家书店，打算买一本文库本推理小说，然后去玩一会儿弹子机再回家。

可能因为是休息日，书店里人很多，大都聚集在杂志区。姑娘们专挑时尚杂志看，男人们则纷纷在找登有香艳照片的杂志，以摩托车和运动等为主题的杂志同样很受欢迎，听说专门报道电视节目的杂志最近销量也节节攀升。

当然停刊的杂志也不在少数，有些是因竞争过于激烈难以为继，有些则是因涉及的领域整体受关注度下降。

其中就有科学类杂志。

曾几何时，多家出版社争相出版科学类杂志，如今却已盛况不再，也许是因为大家都远离了理科。像我这样因科学类杂志停刊而颇感失落的人不是没有，但终究为数不多。

除了杂志架，人气最旺的当属漫画架了。但这里倒没有摩肩接踵，因为每本漫画都有塑封，无法翻看，否则孩子们早就把这家书店挤爆了。

陈列文艺类书籍的书架周围始终人气不旺，竖着畅销书标识牌的书架前也鲜有顾客。能卖出十万本即被称作畅销书的文艺类书籍和首印上百万册也毫不稀奇的漫画之间的区别就在于此。

我喜欢看文字，但从来不买精装书，理由有三：首先是价格太贵。同样的书，明明只要耐心等些时候，就会有既廉价又方便的文库本出版，所以我无论如何也理解不了那些特意花高价买精装书的人。其次是携带不便。尤其是现在，页数多的厚书不断增加，拿着这样的书坐在上下班的电车上根本无法翻看，即使躺在被窝里翻看也令人疲倦。最后是看完后处理起来很麻烦。家里不宽敞，根本腾不出空间存放精装书，而文库本体积小，随处可放，即使扔掉也不会心疼。

所以今天我照例目不斜视地直奔文库本书架。

然而——

走过平放陈列着的新书时，一种奇妙的感觉向我袭来。如果用一种令人毛骨悚然的说法，那就是被幽灵抚摸脸颊的感觉。只是并不冷，相反还很温柔。我不由自主地向那边望去。

我差点叫出声来！

摆放整齐的书中有一道光一闪而过，凝神细看时却又不见了，然而我并不认为那是幻觉。我将手伸向光的源头——一本黑色封面的精装书,书名是《超理科杀人事件》，作者为佐井圆州。我想这本书中应该含有科学方面的内容。

我打开封面，翻看起来。

2

《超理科杀人事件》(节选)

杀人现场是一间研究室,室内有一块与黑板等大的电脑显示屏,上面有这样一段话:

"有这样一个系,系中有光源A和反射镜C。假设这个系正以速度v横向移动,那么从光源A发出的光到了C后,C不发生反射。这是因为当光到达C时,C已不在原地。迈克尔逊·莫雷实验解释有误。如果光源和反射镜都在移动,并且光在这两者之间往返,那么光就不是从A射向C的光,而是球面波状光。因此,在A、C之间移动的光,其表面速度等于$c-v\cdot\cos\theta$。只要把它们代入近似式,就可以解释这些现象,换句话说,爱因斯坦的理论是错误的。"

天体物理学家一石博士死在显示屏一旁，上半身趴在桌上，宛如沉睡一般。

助手发现博士的尸体后，马上找来和一石博士交好的野口博士。野口是医学博士，也是生命科学领域的权威。

野口仔细观察了尸体，随即指示助手报警，理由是"有他杀嫌疑"。

当地警方马上派出了侦查员。看过尸体，法医歪着脑袋说："可以认定是衰老而死。理由有三：其一，他年事已高；其二，尸体上找不到任何伤痕；其三，这里没有盛过毒物的器皿。"

野口博士摇摇头说："关于本研究所所有研究员的健康状况，我们非常清楚。一石博士的确年事已高，但还不至于老死。"

"但衰老总是在不知不觉中悄悄降临。"

听了法医的话，野口皱起眉头，深深吸了一口气："每个人的衰老情况都在本研究所医疗团队的掌握之中，我们依据的是每个人体内的细胞水平。发育成熟的哺乳动物体内的细胞可分为三类：永久性细胞、不稳定细胞和稳定细胞。这三类细胞会随着年龄的增长而减少，例如人的末梢血管中的淋巴球数会随着年龄增长而减少,这是因为提供淋巴球的干细胞减少了,这种干细胞属于不稳定细胞。大脑皮质与小脑皮质的神经细胞也会随着年龄的增长而减少,肝细胞也一样。神经细胞属于永久性细胞,肝细胞则属于稳定细胞。根据一个人体内的细胞数量就可以了解他衰老的程度,除此之外,细胞容积是否增大、细胞核是否完整也可作为判断方法,而且不只是细胞哦。另外,细胞外基质也会随年龄的增长发生变化。胶原蛋白加快了蛋白质之间的架桥反应,变得又硬又脆。基质蛋白与葡萄糖发生共有结合,把异常信息传递给细胞。至于细胞数为什么会减少,有一种解释极具说服力,即人体内的各个部分都有各自必需的生存因子,一旦生存因子不足,就会诱发细胞凋亡。当然还可以推断为细胞分裂困难。前面讲到的稳定细胞根据需要会发生分裂,但由于存在海弗利克细胞分裂极限,内皮细胞、纤维细胞、平滑肌细胞、胶质细胞等最多只能分裂五十到一百次。关于这个构造,目前我们还在关注染色体的末端粒。真核细胞染色体的两端存在有 TTAGGG 重复排列构造的端粒,每复制一次,端粒单位都会有所缺失。端粒全部用尽时,分裂也即告结束——这就是我们的假说。"

一口气说完这段话，野口博士冲着呆若木鸡的法医语气坚定地说："我们完全清楚一石博士虽然老了，却还没老到足以死亡的地步。我可以明确地告诉你绝对不可能有这种事情。就是他杀，明白吗？"

"啊，哦，好像，明白了。"法医挠了挠头，说，"明白是明白了，可一石博士的死因又是什么呢？"

"嗯，"野口博士点点头，"大概是脑血栓。"

"脑血栓……那不还是病死的吗？"

医学博士闻言非常不屑，说道："你要让我说多少次才明白？我不是说了一石博士的血管还没有老化到那种程度吗？"

"您的意思是有人故意引发他脑血栓？"

"你这样想就对了。"野口博士抱着双臂，点了点头。

"这种事情可能做到吗？"

"能，用 α-干扰素就能做到。"

"干扰素……那是什么？"

"脑血栓是由血管老化引起的，而影响血管老化速度的关键在于覆盖血管内壁的内皮细胞。我们知道要促进内皮细胞增殖，必要条件就是脑细胞、癌细胞里含有的一种生长因子——FGF。没有 FGF，细胞不仅会停止分裂，还会死亡。后来我们发现，服用某种药物可以抑制 FGF 的生成，这种药物就是 α-干扰素。只要有意使用这种药，就能加快血管老化，导致脑血栓和心脏病发作。"

"哪里有这、这种 α-干扰素？"搜查一科的警部忽然插嘴问道，此前他一直默默听着博士和法医的对话。

"细胞生物学实验室里应该有，如果没有被偷的话。"

警部立刻带领部下赶往那里。

3

站在书店的书架前看到这里,我合上了《超理科杀人事件》。我只读了短短几页,就花了不少时间。为了理解书中人物野口博士说的那段话,我反复读了好几遍,为了弄懂一开头出现在显示屏上的那段话,也花了不少时间。

我拿起这本书走向收银台。我临时决定今天不买文库本了,心想偶尔买一本精装书也未尝不可。

我出了书店,径直走过弹子房,拐进看到的第一家咖啡店。店内明亮,客人很少,真是太好了,可以在这里安安静静地看书。我挑了最靠里的座位坐下,要了一杯咖啡,迫不及待地翻开刚买的书。

书中写着侦查员们开始搜查细胞生物学实验室。不出所料,α-干扰素的样品果然少了几瓶。那些样品情况不同,实验室主任对此洋洋洒洒地加以解释,足足占了四页篇幅,而且术语频出。他好不容易说完了，野口博士又到了，于是解释那些样品的作用过程又占了近两页，对此我只有暗自无奈了。

勉强看完这些，我端起咖啡杯。咖啡已凉了，不知店员什么时候端来的。

我的视线仍停留在《超理科杀人事件》上，心想不知后面是否仍是这样的内容。如果是，这本书未免太不可理喻了，同时也觉得喜欢看这种书的自己也真是奇怪。

我是中学教师，教的科目是科学，自认为是理科人。现在这个社会，理科人很不受欢迎。和人聊天，只要稍微涉及这方面的话题，对方就会不加掩饰地表现出不悦。

正因如此，看到《超理科杀人事件》这种书名如此直截了当的小说时，我不可能熟视无睹。我很想知道作者的写作理念。

故事发生在国立超尖端科学研究所——一个在现实生活中真真切切存在的机构。我很吃惊，难道小说中可以随便使用真实的名称吗？

但转念一想，在以往看过的小说中，像警视厅、科学技术厅等名词也经常出现，看来只要是官方机构便都可以。

国立超尖端科学研究所成立于两年前，据说集中了所有领域的专家夜以继日地从事各领域的最尖端研究。他们的研究内容从未向社会公布，所以即便只为窥视该机构内部的情况，这本书也是有价值的。

　　故事一步步展开，刑警已将注意力投向了与被害的一石博士立场相左的法金教授。

4

《超理科杀人事件》(节选)

"听说您和一石博士有过一次非常激烈的争吵,没错吧?"刑警问法金教授。地点是在国立超尖端科学研究所内教授的房间里。

法金教授感到很意外,长满白胡子的嘴角往下撇了一下。他的胡子既浓又密,头上却没有一根头发。

"你误会了,我们没有争吵,只是争论。争论是增长学问的营养剂,你懂吗?"

"这个我当然懂。但据我们所知,当时你们俩情绪都非常激动。一石博士说您是……呃……是个秃瓢之类的,而您也大叫要杀了他。这些都是事实吧?"

教授哼了一声,说:"我不记得了。"

"您能不能简单说说当时的情形？"

"好吧。"教授换了个坐姿，说道，"我们讨论的重点是如何解释哈勃常数和银河系年龄之间的矛盾。我想你应该听说过，哈勃常数是埃德温·鲍威尔·哈勃在论文《河外星系的距离与观测速度的关系》中首次提到的一个常数。他认为河外星系的退行速度与距离是成正比的。哈勃以此为依据提出了宇宙膨胀说。问题是哈勃常数究竟是多少呢？论文发表时，这个常数是 $530 km/(sec \cdot Mpc)$。如果以这个常数计算，宇宙年龄要小于地球年龄，这就有矛盾了。关于这一点，有人提出'宇宙在不断膨胀，宇宙年龄无限，宇宙形状不变'的稳恒态宇宙论，但是我们因此知道了哈勃常数的定义是有问题的。接着，堪称终极版的哈勃常数终于得以公布——美国卡内基天文台的佛里德曼等人利用哈勃望远镜，对位于室女座星系团中银河 M100 的造父变星的周期绝对光度关系进行了精确计算，决定把哈勃常数定为 80 ± 17。"

"您和一石博士的意见分歧就是因为这个数字吗？"刑警浑身冒汗，边做记录边问。

"不是。我们俩都认可这个数字，问题在于根据这个常数计算出的宇宙年龄。如果按照这个数字计算，宇宙的年龄只有80亿年左右，而根据放射性同位素的存量等进行测算，也确定了太阳系和地球的年龄大约为46亿年，这一点不成问题。问题是银河系的年龄。计算银河系年龄的若干方法中，目前精确度最高的是根据球状星团的年龄推定。所谓球状星团，是指那些在同一时期诞生而重元素稀少的小行星群。随着时间的推移，质量较大的行星会消失，所以只要根据脱离主星系的行星寿命为理论模式计算，就可以推算出球状星团的年龄。根据这个方法得出的球状星团的年龄为140 ± 20亿年，比根据哈勃常数计算得出的宇宙年龄大得多。还有一个计算银河系年龄的方法是利用放射性同位素，根据铀及钍等目前的相对存量比来计算银河系诞生的时期。当然，按照这个方法计算时要考虑两种情况：一种是处于重元素因星球爆炸而得到补充的时代，另一种则是因被吸进太阳系而停止补充重元素的时代。所以还需要解决元素转换的过程。根据这个方法计算得出的银河系年龄是150 ± 40亿年，也比用哈勃常数算出的宇宙年龄大。如何解释这个矛盾才是我和一石博士意见相左的地方。"

"哦，原来是这样。"刑警早已停止记录。

"关于这个矛盾，我的意见是，单一的哈勃常数是否适用于整个宇宙？对于测定方法和数值，我没有异议，但认为它最多只是一个对100Mpc范围内的宇宙进行观测后得出的结论，一旦超过1000Mpc的距离，哈勃常数应该有所改变。已经有报告证实了这一点，那就是通过观测两道同时来自类星体的光如何在重力镜的作用下发生弯曲，来计算远在1000Mpc以外的哈勃常数，结果得出的数字低于50。听到这一论点，我对自己的假设充满了自信。然而那个死老头，不，是一石君，"法金教授咳嗽了几下，接着说，"却搬出了宇宙常数这种老掉牙的东西，我真不明白。要知道，宇宙常数是产生未知宇宙斥力的东西，把它放到宇宙方程式中的确可以保持宇宙稳定，还能增加宇宙的年龄，通过遥远的银河和重力镜得出的数字都会很接近计算结果。但这种做法充其量只是为了掩盖矛盾。做研究的人不应该为了使理论和结果统一起来，就提出没有充分依据的常数，连最早提出宇宙常数的爱因斯坦都承认自己错了。我只是据理力争，他竟说我不懂装懂，骂我秃瓢……哦，虽说我头上是没有多少头发，但这话也不能乱说吧？所以我回骂了一句，说要杀了他。哼，我不过是针锋相对，有什么不可以的！"

5

目光离开书本,我抬起头叫来服务员,又要了一杯咖啡。毕竟我的脸皮还没有厚到能凭一杯咖啡在咖啡店坐一小时以上。

此后的情节是侦查员逐一调查起和被杀的一石博士有关的人,主要调查对象是天体物理研究者。侦查员和每个人都分别谈了,结果和与法金教授交谈时如出一辙,研究者们分别说明了自己研究的课题,似乎是为了告诉读者他们与一石博士的立场是否相左。

有关"宇宙的泡状构造""涨落""巨大重力源"等理论的内容层出不穷,单是读这一个接一个的解释已令我感觉辛苦异常。然而这种辛苦是值得的,因为我有种徜徉在理科世界的喜悦。

法医对一石博士的遗体进行了检查,发现他血管老化的确是人为造成的。在这一段落中,同样闻所未闻的医学、生命科学领域的术语如洪水般铺天盖地涌来,令我酣畅至极。

在进行各种调查的过程中,警察了解到国立超尖端科学研究所正准备实施一项庞大的计划,即隔离并培养理科人才,而主导这项计划的核心人物正是一石博士。

我对这段内容非常有兴趣,于是更加专心地继续阅读。

6

《超理科杀人事件》(节选)

"关于这个计划,可否详细说明?"县警本部的刑事部长问道。故事已经发展到单靠搜查一科一个部门无法解决的阶段。

刑事部长坐在一张圆桌前,来自各部门的十几名科研人员代表围桌而坐。对于刑事部长的要求,一时间没人响应。过了一会儿,一个坐在中间的人站了起来,他是研究所的副所长恩田博士,也是分子生物学界的权威。研究所所长是已故的一石博士。

"计划的正式名称叫婴儿科学家计划。简单地说就是把具备理科天赋的婴儿集中到一个地方,从小对他们实施专业教育。"

"嘀，原来是英才教育机构啊。"

"以往是让所有孩子接受同样的教育，通过考试选拔在理科方面突出的人才，但存在很多问题：首先是准确率不高。在现有的应试教育体制下，只要掌握了考试诀窍，即使没有理科天赋，在数学、物理等科目的考试中也完全可能取得高分，要发现真正有理科天赋的人才非常困难。其次是浪费过大。这里我说的浪费，包括品质和时间。简单地说，让那些本不适合理科的孩子学习理科是一种浪费，其结果就是浪费了适合学习理科的孩子的时间，拖他们的后腿。目前人们普遍认为孩子们远离了理科，但实际情况是有才能的孩子因受到大多数人的影响而随波逐流。"

"但不经过考试怎么判断一个人是否有理科天赋呢？"刑事部长像看外星人似的看了看面前的所有人。

恩田博士也望了他一眼，眼神中略有怜悯之色。"一个人是否具备理科的才能，在胎儿阶段，不，说极端点，在那之前就可以知道。"

"哦，是吗？"

"例如，不光性格的遗传性很强，学习能力、智力、信息处理能力等的遗传性也非常强，因为它们依赖大脑葡萄糖代谢能力、活力来源的ATP合成能力和神经元的传递速度等。"

"也就是说，理科人的孩子就是理科人……"

"从概率上来说是这样的。原则上我们认为研究工作最好世袭，但仅凭这一点准确率还不够高，所以我们认为最好的方法是通过基因组进行甄别。关于解读人体组织DNA三十亿个碱基对序列的人类基因组计划，我们已完成约百分之九十，尤其是构造解析进展非常顺利，基因图谱已基本完成，只剩下机能解析。再过几年，这一领域的研究应该可以达到相当高的水平。到那时，只要读取图示，就能挑选出理科婴儿。"

"呵呵，还是不太明白。听上去很不可思议。"

"除了确定是否具备理科的天赋之外，甄别一个人是否适合从事研究工作也很重要，这个问题自然也要通过读取基因来解决。例如通过解析一些容易因气愤或挫折等负面情绪而产生暴力倾向的男性的基因，我们弄清了存在于X染色体中的单胺氧化酶A——简称MAOA——的基因会发生突变，从而导致氧活性低下。MAOA是一种促进血清素、多巴胺、去甲肾上腺素等生物体内的单胺代谢的酶，它的缺损会使一个人对压力产生过激反应，可能导致暴力行为。最近，我们还了解到神经传递物质与人的情绪变化也有关联。在甄选理科婴儿时，对这些情况都需要严格调查。"

"原来如此。"刑事部长模棱两可地点了点头，很显然早已放弃了去理解恩田所说的话是什么意思，"计划的内容大致明白了，您的意思是说这项计划和这起凶杀案有关？"

"没错。"恩田博士答道，"凶手显然是反对这项计划的人。"

"反对的人？"

"就是假冒理科人的恐怖分子。"

刑事部长大吃一惊。

"假冒……什么？"

"假冒理科人的恐怖分子，就是那些不具备理科天赋却一厢情愿地认为自己属于理科的人。他们毫无意义地寻找科学资讯，有时还主动发出一些幼稚的信息，打扰真正的理科人的世界。我们称这些捣乱分子为冒牌理科人，其中表现尤为激烈的人就是假冒理科人的恐怖分子。"

"有这样的人吗？"刑事部长眼睛都瞪圆了。

"潜意识里有这种想法的人其实出乎意料地多。只会摆弄计算机就以为自己属于理科的人可以说是其中一部分，症状已严重到成为恐怖分子的人大概少一些。"

"那些人为什么要反对这项计划？"

"原因很简单。一旦这项计划正式实施，科学就会成为一门完全脱离普通人生活的学问。对于冒牌理科人来说，这是一个不小的打击。他们认为人类生来就应有平等学习的权利，其中相当一部分人还希望把孩子培养成科学家。"

"呵呵，我倒觉得他们的想法有点道理。"

"这是因为你不了解科学。如果不能真正了解科学，学习它就没有任何意义。科学这种东西，即使完全不懂也不会给生活带来任何不便。例如，很多人对电子工学一窍不通，却能熟练运用电子产品；大多数人完全不懂程序是怎么回事，却并不影响他们使用电脑；开车的人不需要了解内燃机的知识；不懂流体力学的人也可以开飞机。总之，普通人可以什么都不知道，不，最好是什么都不学。一知半解的知识只会传递错误的信息。以医学为例，就很容易理解。你应该听说过，有的医生因诊断错误而采用了错误的处理方法，从而导致病人病情加重。伪科学的出现，也是那些不适合理科的人对科学知识一知半解的结果。一知半解的科学知识不会给人类带来任何好处，这一点我可以断言。"

恩田博士激昂的叙述让刑事部长多少有点汗颜，

因为他就是对科学毫无兴趣的人。"您说的我明白，但您有什么证据能证明这桩案子一定是那种恐怖分子干的？"

"有。"恩田博士的回答很干脆，"恐怖分子通常会发表犯罪声明，这次冒牌理科人同样也发表了。"

"哦，是吗？"刑事部长大吃一惊，扭头看向身边的部下，希望得到证实。然而没人知道此事。

这时，一直默不作声的法金教授开口了："你们不知道也情有可原。就在刚才，一石博士的助手发现了这份声明。这份声明实在太明显了，大家反而都没注意到。"

"太明显？"

"就是电脑显示屏。你们都知道上面有一句很奇怪的话吧？"

"好像是爱因斯坦什么的。"

"对，就是那个。"

"那不是一石博士写的吗？"

听了刑事部长的话，法金教授脸上露出轻蔑的微笑。"一石博士是优秀的天体物理学家，发表过几篇非常有价值的论文，依据就是爱因斯坦的相对论，所以他不可能声称爱因斯坦的理论是错误的。写在显示屏上的观点非常幼稚，是没有正确理解相对论的冒牌理科人胡乱写上去的。他们完全没有理解朝某个方向发射的光究竟是怎么回事。在提出反论之前，他们的大前提就已经错了。那些人现在大概也知道了那是一个多么荒谬的理论，所以，在信奉爱因斯坦的一石博士身旁写出这样一个观点，就成了表明其罪行的声明。"

"啊，原来如此。"刑事部长点了点头，却依然一脸茫然。

7

看到这里,我心里非常不舒服。这只是部小说,内容都是虚构的,我却觉得这是作者真正的想法:

> 如果不能真正了解科学,学习它就没有任何意义。
> 普通人可以什么都不知道,不,最好是什么都不知道。
> 一知半解的科学知识不会给人类带来任何好处。

多么狂妄的说法呀!

我在给孩子们上科学课时,一开始就会告诉他们科学绝非很难的学问。我会解释说一切都可以从身边的事物延伸出去考虑。当然,孩子们能力各异,个性也千差万别,有些孩子看到航天飞机上的宇航员就能理解重力的概念,也有些孩子无论如何也不能理解宇宙空间没有上下之分。但这些都不重要,因为这些孩子可能是感性的,也许会因牵牛花绽放而感动呢。

如果作者真这样想,我怀疑他的精神是否正常。如果这样的计划当真要实施,相信我也会坚决反对。

我从不认为自己是个冒牌理科人。不是吹牛,从学生时代开始,我的理工科成绩一直很好,而且我相信自己完全理解爱因斯坦的相对论。那些刊登在报纸科学专栏中的报道,我只要看一遍就能全部理解。电脑难不倒我,机械我也很擅长,汽车小故障自己就可以解决。

但我没有成为科学家,因为我希望了解更广阔的世界。这世上除了科学,还有太多太多有趣的事情,我可不愿选择除了科学便一无所知的不幸人生。

想到这里,我心里舒服了些,心想科学家在某些方面表现得不正常也许理所当然,正因如此,这种小说才可以成立。

喝完第二杯咖啡,我又要了一杯奶茶,继续阅读。

8

《超理科杀人事件》(节选)

"如果是这样,我们有必要怀疑并调查那些恐怖分子。"刑事部长说,"这可不好办啊,我们警察,不,整个警察厅大概也找不到这些人的资料。"

"你们应该没有。"恩田博士回答,"只有我们和科学技术厅的人才能找出假冒理科人的恐怖分子。"

"你们知道他们的头目是谁吗?"

"还不知道。这不是一个实体组织,也许根本没有头目。"

"我们应该从什么地方着手调查呢……"刑事部长非常为难地看着部下们。他们好像也没有什么主意,都阴沉着脸低着头。

于是，恩田博士开口了："我们有一个方案。"

"是什么？"

"事实上，几天前我们已经开发出辨认隐藏在普通市民中的冒牌理科人的方法。"

"啊？"刑事部长吃惊地从椅子上站了起来，"有这样的方法吗？"

"有。说不上十全十美，但我想概率应该很高。"

"怎么做呢？"

"原理很简单。和钓鱼一样，首先撒下诱饵，然后静等鱼儿上钩就可以了。只是我们需要在诱饵上下一番功夫，必须使用只有那些冒牌理科人才会去吃的诱饵。"

"那又是什么东西呢？"

"在听我解释之前，请各位先听听他怎么说。"恩田说着指了指坐在邻座的一位年轻研究员。

那人站起来，自我介绍是研究量子力学的穴黑。他深吸一口气，急促地说道："在思考宇宙诞生的问题时，需要有一个虚数时间，这个虚数时间是由特异点的存在决定的。所谓特异点，是指当宇宙时空收缩到一个点时，空间的曲率等无限放大，从而失去物理意义的场所。"

"啊？"刑事部长大吃一惊。

穴黑并不理睬他的反应，继续说道："遵循爱因斯坦方程式，宇宙如果追溯到过去，就一定会遇到这个特异点。想要避开这个特异点，就需要虚数时间。也就是说，要想使宇宙之初的这个特异点消失，只要去掉那时候的时空差异就可以。为此我们把时间设为纯虚数。如果要进行详细计算，则可以使用费曼发明的路径积分法，用这个公式把时间 t 换成虚数时间 $i \times t$，写出算式，再计算宇宙的波动函数。"

"等、等等，你到底在说什么？"

刑事部长话音未落，另一名学者忽然站起来，开口道："相当于蛋白质核心的氨基酸不能换成其他氨基酸。因为一旦换了，固有的功能就无法继续发挥作用。每种蛋白质都有独特的立体形状，其形状在发挥固有功能方面也很重要，不容置换。由于针对突变会受到好几重制约，氨基酸在进化过程中不能改变功能。"

他刚说完，又一名学者站起来说："构成物质的最小要素是夸克和轻子。这些粒子间有四种力在相互作用。夸克数目不变，质子对于四种力又是稳定的。大统一理论认为电磁力、强力和弱力原本是一种力，只是在低能量的情况下看上去像是不同的力。统一力同等作用夸克和轻子,必然会引起夸克和轻子之间的跃迁。"

接着又有其他学者开口:"在一次元中扩大特异点的周边,消除方法与对普通点的处理方法一致。而在二次元中,存在最小消除方法。当达到三次元以上时,就需要采用其他方法……"

9

莫名其妙！这究竟是在说什么！

书中的人物忽然说起了和故事情节毫不相干的专业术语，令我非常困惑。我完全不理解他们说那些话的目的，也丝毫不知作者的意图。但我还是认为作者这样写应该是有用意的，于是决定耐心看下去。

书中人物说的内容涵盖量子力学、天体物理学、生物学、医学、基因工程学等几乎所有理科领域。说实话，我对此并不十分了解，但依然一边用手帕擦着额头上不断渗出的汗珠，一边努力往下看——跳过这些内容对于一个理科人而言是难以容忍的。

我终于看完学者们滔滔不绝的讲解时，忽然有人从背后抓住了我的肩。我吃惊地回过头，只见两个身穿黑衣、身材高大的男人正俯视着我。"对不起，请跟我们走一趟。"

左边的男人开口道,语气十分强硬。

"你们是……干什么的?"我问道。

站在我右边的男人从口袋里拿出一件东西,像是证件,上面印着"特别调查官"。

10

《超理科杀人事件》(节选)

"你们的意思是,"刑事部长说,"把这些内容编成一本书在全国发行?"

"对,书名就叫《超理科杀人事件》吧。"恩田博士说。

"书名无所谓。这样做真的管用吗?"

"我们已经做过实验。我们要在这本书的封底装上超微型的脑电图解析装置和发射装置,通过分析阅读过程中的脑电波,可以确定此人是不是冒牌理科人。一旦脑电波超过某个标准时,装置就会发出警报。"

"这一点我明白。只是,单靠脑电波真的能确定一个人是不是冒牌理科人吗?"

"这很简单,只需要两点即可确定:首先要看这个人在读这本书时是否会跳过这些内容，其次是如果没有跳过去，那么这个人在阅读过程中是否理解这些内容。普通人看到这种内容，不可能不跳过去，而真正的理科人看到这些内容完全能够理解，只有那些不懂装懂还非要看的怪人……"

"就是冒牌理科人？"

"正是。"

原来如此。刑事部长信服地连连点头。

超猜凶手小说杀人事件

(问题篇、解决篇)

问题篇

1

汽车驶入了中央高速公路。

"话说回来,他这次的要求真够奇怪的。"朝月出版社编辑部的颚川单手握方向盘,猛踩油门加速,边开车边说,"忽然给我们编辑部发来传真,要我们立刻去他家。这倒没什么,问题是为什么一定要我们四个人一起去呢?如果我们是同一家出版社的编辑倒也无所谓,可我们属于完全不同的出版社。我实在想不出他到底要干什么。"

"是不是又打算训我们?"坐在后座右侧的坂东靠着椅背冷笑道。他供职于文福出版社编辑部。"诸如为什么我的书最近卖得不好、是不是你们工作不够卖力、你们要好好想想办法之类的。"

"他还要我们怎么努力?"坐在后座左侧的忠实书店文艺部的千叶叹了口气,说,"就在不久前,我们还特别举办了一次鹈户川邸介书展哪。"

"是啊是啊,我们前些时候也刚在两大报纸上登了广告。"说话的是坐在副驾驶席上的堂岛,大八书房的编辑。"广告效果还不错,最近我们准备再版他的书。别的出版社我不知道,至少我们卖得还很不错。"

"其实我们那儿卖得也还可以。"坂东有些生气,"可那位老先生实在是贪得无厌。"

"已经有那么多钱了,难道还嫌不够?"千叶有些惊讶地说。

"那是因为他没有安全感,毕竟过去不受欢迎的时间太漫长了。"颚川望着前方回答。

"现在的我可想象不出来。我进出版社时,他已经是畅销书作家了。"堂岛扭头向后说,"千叶你也是吧?"

"我和你一样。"千叶点了点头。

"你们进出版社几年了?"坂东抱着胳膊问。

"今年正好十年。"千叶回答。

"我也九年了。"堂岛说。

"难怪你们不知道他的书不畅销的时代。"颚川插嘴道,"鹈户川先生出名应该是从二十多年前开始的,比你们进出版社早多了。就是从他得奖那一年开始的,嗯,那部获奖作品叫什么来着?奇怪岛的……变态杀人……"

"是《怪奇岛猎奇杀人记录》。"坂东纠正道。

"对,就是那本书。哈哈哈,这要是让鹈户川先生听到,又该大发雷霆了。那本书畅销以后,他的书卖得一直不错。"

"那可是名作。"千叶点了点头。

"我看的鹈户川先生的第一本书就是那本,写得真是不错,很有意思,情节引人入胜,人物个个魅力十足。"

"鹈户川先生,"千叶犹豫了一下,又接着说,"迄今为止,好像还没有写出可以超越那部作品的东西。"

"这的确是个问题。"颚川说,声音有些严肃。

"你说得没错。"坂东的表情也严肃起来,"他出了不少畅销书,说得过去的代表作却不多。一提起他的作品,人们首先想到的就是那部《怪奇岛》了。"

"我连那部的书名都忘了,真是有辱编辑的名声啊。"颚川自嘲般轻声笑了笑,"无论如何,我得请他尽快给我们写一部新的代表作,这样我才不至于忘记书名。"

"谁知道究竟会怎样呢。"

"你这是什么意思?难道你想说他的下一部代表作是你们文福出版社的吗?"

"要真是这样我就谢天谢地了,只可惜鹈户川先生似乎已没有这种欲望了。几年前我还能感觉到他对直本奖的渴望，可最近他给人的感觉很明显是只要能卖出去就行。"

"我也有同感。"千叶正色道，"最近的几部作品都是同一模式的重复，完全感觉不到他要挑战新的东西。"

"最新的作品是什么来着？"堂岛问。

"是什么来着？"颚川看着前方歪了歪脑袋。

"就是那个，《遥远传说中的杀人》，说的是一个男人为寻找儿时离别的母亲，来到流传着浦岛传说的地方，结果卷进了凶杀案。"

"不对，那是我们出版的《永恒时空的杀人》。"千叶纠正道，"《遥远》那本书说的是主人公为寻找失踪的恋人，来到有羽衣传说的地方，结果发现恋人已遭杀害。"

"是吗？哎呀，无所谓，都差不多。"

"倒是有不少读者认为同一个模式挺好。"坂东露出有些无趣的表情。

"这样能够放心吧。"堂岛表示同意。

"和水户黄门、海螺小姐有很多粉丝一样。"

"不过，反正卖得不错，我们也没必要抱怨。万一弄不好，模式变了可读者不买账，就鸡飞蛋打了。"颚川说。

"《遥远传说中的杀人》是什么时候出版的？是缘谈社出的吧？"堂岛依次看着另三人问道。

"像是……去年秋天。"千叶马上翻开记事本查看,"对,没错,是去年九月。好像是为了赶年底的推理小说排行榜,才在那个时候出版的。"

"结果也没他什么事啊。"堂岛哧哧地笑了起来。

"对了,他已经有半年多没出新书了?"颚川轻轻摇了摇头,"他究竟在干什么?"

"他夫人是去年夏天去世的吧?好像就是从那时开始,他的工作进度一下子慢了许多。我们编辑部的人猜测,真正写小说的可能是他夫人。"坂东说完,伸手打了一下自己的嘴。

"如果这几个月他在专心为我们社写书就好了。"颚川说。

"那是不可能的,说好了下一本书要给我们。"

"你们都别做梦了,下一本是我们的。文福社前些时候不是刚出了他的一部长篇小说吗?"

"不是'前些时候',是很早以前的事了。而且出的也不是新书,只是把以前出过的精装书换了个版本出版而已。我们已将近三年没拿到他的新作了。"

"是吗?"

"可不,所以下一部作品我们要定了。"

"你们都不要争了,"千叶插话道,"我们已经和他说好,下个月开始在我们的杂志上推出短期集中连载。第一回有一百五十页，应该是最优先的。"

"这不可能。你们忠实书店不是出版了《永恒时空的杀人》吗？就是排队也应该排到我们这几家后面。"坂东提高了嗓门。

"《永恒》……哦，那只是把以前在杂志上连载的内容出成了书而已。如果鹈户川先生早点给我们，前年我们就出了。"

"不管怎么说，书出了总是事实。我们已经很久没有看到老师的原稿了，这次可不打算让步。"颚川略有些强硬地说。

"你要是这样说，我们也一样。"堂岛不服软地争辩道，"老师很早以前就答应我了，而且当时说好的时间都过了。这次如果再被其他出版社抢先，主编一定会掐死我。"

"那不是很好吗？掐死算了。"颚川语气生硬地说。

"行了行了，真不明白老师到底是怎么想的。"坂东晃了晃脑袋，"也不考虑先来后到，随随便便就答应别人的约稿。这是他的老毛病了，以前就是这样。我看在场的各位都不打算退让，他这次究竟会把稿子交给谁呢？"

"也许，"千叶一边思索一边说，"这就是把我们四个人都叫去的原因。"

"什么意思？"颚川问道。

"会不会是老师不知该把新作交给谁，所以让我们四个当事人替他决定？"

"不会吧？"堂岛脸上露出一丝微笑。

"他那个人还真不好说，没准就是这么回事。"坂东无奈地说，"毕竟他也算是个怪人。"

"可是，就算大家坐在一起谈也不会有任何结果。坂东刚才也说了，谁都没打算让。"堂岛脸朝着后座说。

"我就是不明白他为什么一定要我们四个人一起来，害得我还要给你们当司机。"

"对不起，我不会开车。"

"不好意思，我没有车。"

"实在抱歉，我只有一辆二人座的车。"

"行了行了。不过我把话说在前头，回去我可不开了。堂岛，到时候你来开。"颚川带点怄气的神情，说完猛踩几下油门，连超了几辆车。

下了中央高速公路，汽车往北驶去，不一会儿来到了一处观光地。这里有很多适合年轻人入住的简易旅馆，并因此闻名。在节假日热闹非凡的马路两旁，礼品店和饭店鳞次栉比，店面装潢色彩艳丽，十分惹眼。

"听说这里俗称羞耻街。"千叶透过车窗看着外面，苦笑道，"鹈户川先生曾经很感慨地说，一提到他的住处，别人就会想到这条街。"

"他真的只是感慨吗?难道没有想过来这条街的年轻人多,他可以在酒吧之类的地方勾引女孩子吗?"坂东哧哧地笑着说。

"夫人去世以后,他那方面的需求好像更旺盛了。玩女人没关系,但至少要好好写稿才对嘛。"颚川歪着头叹息道。

车来到一处别墅区的大门口。向出入口的物业管理办公室值班员通报了要去的地方,铁路道口断路闸般的大门打开了。颚川一脚踩下油门开了进去。

鹈户川邸介的别墅位于最深处。除了参加聚会或需要与出版社的人单独会餐时去东京,平时他都待在这里写小说。

在欧式风格的木建筑前,颚川停下了车。

"对了,我忘记说领带的事了。"坂东说着从包里拿出几个小包,"请大家系上领带。"

堂岛打开小包,脸上露出了明显的不屑。

"这是什么呀!太没格调了。"

领带红绿相间的条纹面料上嵌了金色小骷髅图案,还绣着"TU"两个字母。

"这是准备在庆祝鹈户川邸介先生出版五十本书的纪念会上发的领带。昨天我打电话告诉老师样品已经出来了,他让我今天无论如何也要戴着过来。"

"既然这样，坂东你戴不就行了？"

"不行。我把你们的也带来了。别废话，快系上吧！"

"真麻烦！"颚川解下自己的领带，换上了新的。

"这种领带，女人肯定不喜欢。"千叶也皱起了眉。

四人还未下车，别墅的大门便开了，走出一个一身黑衣的女人。她头发很长，脸形也有些偏长。

"这是什么人？"颚川扭头朝后座问道。

"老师的新秘书。"千叶看着那个女人说，"上个月刚来的。"

"他可真行！"坂东压低嗓音感慨地说。

"真漂亮，还不到三十岁吧，看样子以前是个白领。"堂岛满心羡慕地评头论足一番。

四人下了车，走到女人面前。女人彬彬有礼地鞠了一躬，口齿清晰地招呼道："辛苦了，鹈户川先生正在等候各位。"看到四人胸前的领带，她不由自主地瞪圆了眼睛。

2

四人被带到了起居室，深绿色的沙发放在可以看到院子的位置。四个人在女秘书的促请下，围着大理石桌坐了下来。

"我马上请鹈户川先生过来,请大家稍等。"说着,女秘书离开了房间。

"这么大的房子,老师一个人住也够寂寞的。"看着高高的天花板,颚川说。

"吃饭也是个问题啊,那个女人会给他做吗?"坂东看着千叶问。

"好像会。"

"这么说,她就跟新夫人一样喽。在她面前我们说话最好也小心一点。"

"老师多大年纪了?"堂岛问对面的颚川。

"今年应该有五十三了。"颚川答道。

"他可真行。"坂东又重复了一句刚才在车上说过的话。

这时,门开了,一身藏青色作务衣①的鹈户川邸介出现在门口。四人几乎同时挺直了后背。

"哎呀呀呀,久等了久等了。"鹈户川将手中的纸袋顺手往旁边一放,坐到单人沙发上,说道,"真抱歉,用传真火急火燎地把你们叫出来。"

"不不不,只要您招呼,不管哪儿我都会赶去的。这个……"坂东手足无措、满脸堆笑地说,"那个……这是准

---

① 一种日本传统服装,原为工作服,也用作家居服。

备在纪念会上发的领带。"

"哟，不错嘛，完全符合我的要求。"鹈户川摸了摸坂东的领带，高兴地眯起了眼睛。

"这个一会儿再说吧。您可以告诉我们叫我们过来是为了什么事吗？"

颚川说完，鹈户川脸上露出了恶作剧似的笑容。"你是问我一定要你们四个人一起来的理由，对吧？"

"对。究竟是怎么回事呢？"

"我这就告诉你们。"

这时，女秘书用托盘端来了咖啡。她把盛有咖啡的麦森牌瓷杯一一放在众人面前，然后在稍远处的餐桌旁的椅子上坐下来。

"我先向大家介绍一下。这位是我的秘书樱木弘子，除了工作，我的日常生活起居也由她照顾，帮了我不少忙。"

"我是樱木。"一身黑衣的女秘书起身向大家鞠躬。

四人坐在椅子上点了点头，然后分别自我介绍，只有千叶加了一句，说"以前见过面"。樱木弘子轻轻点了点头。

"那么，我们就来说正事吧。"鹈户川将手伸进放在一旁的纸袋。

四人同时起身，想看看他会拿出什么。

鹈户川拿出一沓 A4 大小、已订成四份的纸，一一发到四人手中。

"哦,这是您的新作吗?"颚川边说边将脑袋探向邻座的坂东,朝他手上的东西看去,"好像一样啊。"

"这是准备在这期《小说珍重》上发表的短篇小说。"

四人闻言感到很不解,都面露困惑。《小说珍重》是一本月刊杂志,不属于在场四人所在的出版社。

"这篇小说怎么啦?"坂东提出了大家共同的疑问。

"嗯……事实上,这不是一篇普通的小说。"

"什么意思?"

"这是猜凶手的小说。"鹈户川说完,笑了两声。

"猜凶手的小说……"几人嘴里念着,翻开手中的稿子。哗啦哗啦翻过开头的部分,大家不约而同地翻到了最后一页。

"没错,确实写着'待续'。"颚川抬起了头。

"解决篇计划在下期杂志上登出,本月发行的这一期准备向读者征集答案。"

鹈户川把麦森杯端到鼻子底下,闻了闻香味,喝了一口。好像受到了感染,四人也都端起咖啡杯。

"回答正确有什么奖励吗?"千叶面无表情地问了一句。

"不知道,听说会有小礼品送出。如果猜对了,大概可以得到电话卡之类的奖品吧。"鹈户川把杯子放回桌上,咻咻地笑了,裹在作务衣下的肩轻轻晃动。

"老师,您不会是……"颚川转身对着鹈户川说,"您不会是让我们也来猜这部小说中的凶手是谁吧?"

作家闻言哈哈大笑起来,从桌上的玻璃烟盒中抽出一支烟,又用同样是玻璃制的打火机点着,动作非常缓慢,似乎有些漫不经心。他陷在沙发里,深深吸了一口烟,乳白色的烟雾在四人眼前缭绕。

"你说对了。"他说,"我的确是想请你们来猜一猜凶手究竟是谁。"

四人顿时傻了眼,面面相觑,然后将视线落在各自手中的小说上,最后又望向小说的作者。

"您这是什么意思?"颚川问道。他面带笑容,表情却显得非常僵硬,"您把我们叫来只是为了这个?"

"如果我说是,想必你们一定会生气吧?"

"不,生气倒不至于……只是,这个……"颚川来回看着另外三人,咳嗽了一声,说,"我只是不明白,您为什么要让我们做这种事……"

"也难怪你们会有这种想法。不过请大家放心,我不会让你们白忙活的,我准备了礼物。"

鹈户川又把手伸进那个纸袋,这回将双手都伸了进去,拿出来的还是一沓 A4 纸,但比刚才的厚了很多,约有三厘米厚。

他把这沓纸放到桌上，说："直说了吧，奖品就是我的长篇新作。第一个猜中凶手的人将得到我的新作。"

"啊！"几个人同时发出一声轻呼。颚川和坂东欠起身，千叶睁大了眼睛，堂岛的嘴张得老大。

"当然，我不是无偿给你们。我的意思是谁猜中了凶手，谁就可以把我的新作拿去出版。"鹈户川解释道。

"不对，可、可是，"坂东唾沫横飞地说，"您不是答应过我，新作要在我们文福社出版吗？"

"您先答应过我们的。"千叶也提高了嗓门，"说好了要在我们的杂志上做短期集中连载。杂志可不能开天窗！"

"岂有此理！老师，上次在京都一起吃饭时您不是说了吗？接下来您要给朝月出版社写。这话我可记着呢！"颚川满脸通红。

"不对，这次应该给我们大八书房，上次给您的信上就是这样说的，您也答应了！"堂岛也不甘示弱地加入争论。

鹈户川看着异常激动的四个人，直挠头皮。"对不起，都是我不好。我也不想骗你们，只是我这个人太冲动，兴致一来就随口许诺，所以才会出现今天这种情况，但我只能从你们中间选一家。考虑到和你们的长期合作关系，我又不能厚此薄彼，所以真不知道该怎么办。"

"所以您才想到用这个办法？"千叶拿起这沓纸问道。

"对，是这样的。"

"您这样做也太残忍了！"坂东哭丧着脸说，"老师，求您了！请您一定遵守对我的承诺！我已经把您的大名报到出版计划中了。求您了！"坂东一个劲儿地低头鞠躬，额头就差没磕到桌子上。

"好了好了，老坂，再说这种话就没完了。"颚川拉住坂东的肩，让他站直。

"可是……"

"只要猜中凶手就可以？"堂岛问鹈户川。

"瞎猜可不行。没有可信的证据，我不会认可。"

"是否正确，由老师您来判断对不对？"千叶也问。

"当然，除了我没有人可以判断答案正确与否。我就在工作室，想到答案，随时可以来找我。还有问题吗？"

"还有一个，"颚川举手问道，"应该不是同谋或自杀之类的吧？"

鹈户川面露难色。"其实这也需要你们去推理，但因为时间关系，好吧，我就告诉你们——你说得没错，不是同谋也不是自杀。"

"请再给一个提示。"坂东竖起食指。

"不能再给了。"鹈户川把这沓厚厚的纸塞回纸袋，站了起来,"晚饭之前请大家慢慢想吧。你们的行动不受约束,想去哪儿都可以,找人帮忙也没关系。我就在房间里。"

等他离开房间,门一关上,四个编辑就开始看手中的小说。

3

七点钟开始吃晚饭。附近一家民宿的老板和鹈户川关系不错,带着食材到别墅烹制,四个编辑意外地享用了一顿法式大餐,但他们的脸色一直阴沉着,心情并未好转。

"哎呀,吃饭的时候不要想工作行不行啊?"一手造成这一局面的鹈户川对阴沉着脸的编辑们说。

"谢谢您的好意,可一想到别人可能会先猜中凶手,心里就忍不住焦急。"颚川一脸疲惫地看着其他三人。

"小说的问题篇已经看完了吧?"

"看完了。"

颚川回答,其余三人也一起点了点头。

"怎么样?"

"很令人吃惊,"坂东说,"没想到会是这样一个故事。小说中的原型难道就是我们吗?"

"这个随你们想象。既然已经看完问题篇,接下来就该好好想答案了。"

"呃,我有几个问题。"千叶客气地说。

"问题我一概不答,我说过不会再给提示了。"鹈户川轻轻摆了摆拿勺子的手说,"不过,有一点我忘记说了。"

四人几乎同时停下动作,齐刷刷地向前探身。

鹈户川看着众编辑说:"你们不用考虑动机是什么。光看问题篇不可能推理出凶手犯罪的动机,你们只要找出凶手是谁并言之有据就可以了。"

"就是因为推理不出动机,才不知如何是好呀。"堂岛挠挠头说。

"这就需要你们好好想了。晚上有很长的时间可以思考,但只要过了零点,即使有了答案,也不要来敲我的门,因为我要睡觉。如果在我睡觉时你们想出了答案,可以写在纸上,从门缝里塞进来。明天一早我看后,会把给出最佳答案的人作为正确的解答者。好了,猜凶手的话题到此为止。好不容易找了个好厨师露了一手,我们还是好好享用美食吧!"

鹈户川说完,四人谄媚地笑了笑,重新拿起刀叉,只是往嘴里送菜的速度却一个比一个慢。

八点钟吃完晚饭,鹈户川回二楼自己的房间了。四个编辑将在这间宽敞的起居室里度过这个夜晚。

"我做梦也没想到会是这种情况。"在沙发上坐定,颚川抬起双腿放到大理石桌上。他手里捧着小说的问题篇。

"也只有这位老先生才想得出这种馊主意。话说回来,虽然感觉像是被他耍了,但为公平起见,这倒不失为好办法。行了,只能努力开动脑筋了。"千叶在餐桌上摊开小说,边说边做笔记。脱下的外套挂在椅背上。

"还是你行啊,挽着衬衫袖子,像要大干一场的样子。听说你在大学参加过推理小说研究社,对这种小说很有信心吧?像我这样的可就不行喽。"

"我也不行啊。"坂东坐在颚川对面的沙发上,边说边解开脖子上那条纪念鹈户川邸介出版五十本书的纪念领带,"看这样的小说然后从中找出正确答案,我从未经历过这种事。如果是看两小时电视短剧,或许还能通过演员的表演猜出个大概来。"

"你们别挖苦我了。我是参加过推理小说研究社,可一点推理能力都没有,和各位没什么两样。"千叶苦笑道。

"至少你懂得怎样推理啊。再说了,你和堂岛都还年轻,思维比较活跃。你们要是不让着点,我和老颚可完全没有胜算啊。"

"是啊,我同意。"

"您二位不是还有经验这一有力武器吗？"听到自己的名字，正在千叶对面反复阅读小说的堂岛也加入对话。

"我和老坂的经验顶个屁用！充其量也就是让财务部的大妈们多给我们报销几张在银座玩乐的收据而已。"

"说起来这老先生也真够厉害的，怎么会想出这么奇怪的主意呢？"坂东挠着头皮说，"就为得到他的原稿，为什么我们必须受这样的罪呀？之前说得好好的。"

"我还不是一样。"堂岛右手托腮，左手翻着小说。他不时停下翻页的手，拿起红笔在上面涂涂画画。

"哎，你们能不能帮我一个忙？"坂东站起来看着另外三人。

"什么事？"颚川问。

"我想请大家把那部长篇新作让给我们文福社。你们都知道，今年是我们社成立七十周年，在纪念活动展上无论如何都要有鹈户川先生的新书。只要你们答应，老师那边应该没有问题，这样大家也都不用做这种麻烦事了。"

"你这样说也太自私了吧？"千叶吃惊地摊开双手。

"当然，我一定会报答大家的。"

"我现在最想要的也是鹈户川先生的原稿。"千叶从桌上缩回双手，左手摆弄着搭在椅背上的外衣纽扣，说，"如果大家能把原稿让给我，我也愿意接受你们提出的交换条件。"

"不行啊，老坂，"颚川躺在沙发上说，"大家都像你一样，想他的原稿都想疯了，所以才会在这里苦思冥想。"

"我说老颚，别忘了你可欠我不少人情呢。"

"我承认，但我也给过你很多方便。现在这种时候这样说不公平，也没有意义。"

坂东吐了一口气，再次坐到沙发上。就在这时，墙上的鸽子钟叫了九下。

"吵死了。"坂东抱怨道。

四人都陷入沉思，令人窒息的沉默笼罩了宽敞的起居室。

鸽子钟宣布已到十一点时，四人才又说起话来。令大家开口的不是钟声，而是堂岛。他忽然从座位上站起，准备往外走。在此前的两个多小时里，还没有一人离开过房间。

"你去哪里？"一直懒洋洋地躺在沙发上的坂东腾地坐起来，厉声问道。

"什么去哪里，当然是去厕所喽。"堂岛苦笑着回答。

"你没骗我吧？你真的不是找出了凶手，准备去老师的房间？"

"不是。"堂岛笑着出去了。

"他真的是去厕所吗?"坂东显得很不安。

"就算他是去老师的房间也没办法,"千叶冷冷地说,"那只能说明他的推理能力很强。不过,他的答案也不一定就正确。"

"那倒也是。"坂东在沙发上盘起腿,揉了揉肩,然后看着躺在另一张沙发上的颚川,问,"怎么样,有点头绪没有?"

"如果有头绪,这会儿我早跑到老师的房间去了。"颚川把小说往桌上一扔,说,"不行,我看是一点希望也没了。既不知道线索隐藏在哪里,也不知道该怎么推理。"

"我也一样啊,看来人到中年终究是不行了。"坂东问坐在餐桌边的千叶,"你怎么样?找出点什么没有?"

"有一点点眉目。"千叶回答。

坂东听了直咂嘴。"真让我羡慕。如果你将发现的线索告诉我,我会感激不尽。"

"得了吧。"颚川责怪道。

"这或许不太难。"千叶说,"毕竟这是让读者猜凶手的小说,如果是普通读者无法解开的难题,不就扫兴了吗?"

"你的意思是说,我和老颚的推理能力还不及普通读者?"

"这有什么大惊小怪的,"颚川淡淡地说,"也没什么好遗憾的。"

大概是找不到合适的说辞，坂东沉默了。

不一会儿，堂岛回来了。他把手帕放进口袋，回到原位。

"好吧，该我去老师的房间了。"

颚川说着站了起来。其余三人吃惊地看着他。

"开个玩笑。我也上厕所。"说着他便出去了。

他刚离开，樱木弘子来了。"我给你们弄些喝的吧？"坂东看上去年纪最大，樱木弘子说话时便将视线落在他脸上。

"谢谢，我不需要。"说完，坂东看向千叶和堂岛，两人都无声地摇了摇头。"看样子都不需要。"他告诉樱木弘子。

"那我去休息了。"她向众人致意后出去了。

坂东追了出去。千叶和堂岛对视一眼。

"会不会想到了什么？"堂岛说。

"我大概能猜出他想做什么，但应该没用。"千叶说着，轻蔑地笑了。

"樱木小姐，樱木小姐！"坂东追下了楼梯。

樱木在地下室门前停下脚步，回过头来。"有什么事吗？"

"其实，我有一个不情之请。"说完，坂东看着地下室的门,"你的房间在这里啊?"

"在这个地方,住地下室比较方便。这个房间以前是鹈户川先生的工作室。"

"哦。"坂东点点头,"也许我不应该请你让我……进去吧?"

"这个……不太方便。"樱木弘子侧着头微笑道。

"那我就在这里说吧。其实,我想求你的事情不是别的,就是希望你能告诉我小说中的凶手是谁。"

"啊?"樱木弘子的大眼睛睁得更大了。

"你放心,我不会让你白帮忙,会回报给你好处。请你无论如何帮帮我。"

"等……等,等等。"看着一个劲儿点头哈腰的坂东,樱木弘子说,"您大概误会了,我什么都不知道。"

"你是秘书,不可能不知道。请你帮帮我,拜托了。"坂本一直低着头。

"我真的不知道。他从不跟我说这些事情。即使我知道也不能说呀,毕竟这有悖于公平。您说对不对?"

"这种时候哪里还顾得上说这种冠冕堂皇的话!拜托了!求你了!"

"我说了我不知道。"樱木弘子的声音高了许多。

"怎么啦?"上面传来说话声,接着颚川走下了楼梯,

"咦,老坂,你在干什么?"颚川说完,好像忽然明白了坂东的目的,"哈哈哈,你是想拉拢樱木小姐啊。"

"没有,不是的……"

"你想搞鬼可不行。"

这时,樱木弘子的房间里传来了断断续续的铃声。

"哎呀,是老师打来的内线电话。"樱木弘子说,"呃,就这样吧?"

"对不起,樱木小姐,给你添麻烦了。"说着,颚川拉住坂东的胳膊,"走啦,上楼去。"

"求你了,老颚,这次你就卖我个面子吧。"

"你真想要,就自己想办法吧。"

两人刚上楼梯,起居室的门开了,千叶走了出来。

"哟,千叶,想出来了吗?"颚川马上问道。

"还没有。我想去卧室好好想。"

这栋房子的一层有两间客房,给四个编辑当作卧室使用。

"颚川,你们去哪里?"

"哦,我们出去吹吹风,醒醒脑。"说着颚川带着坂东向大门口走去。他中途看了一眼手表,咕哝了一句:"已经十一点半了。"

刚到零点,千叶回到了起居室。这时颚川和坂东也回来了。鸽子钟好像还没有叫完十二下。

"时间到了。"颚川看着钟说,"就是说,明天天亮以前不必担心老师的新长篇原稿会被别人拿去了。"

"那也不能睡呀。"堂岛说,"今天晚上必须想办法把正确答案写下来,塞到老师房间的门缝里去。"

"对了,我们应该说好,如果有人找出了正确答案,不要独自去老师的房间。"颚川建议道。

"为什么?"千叶问。

"因为老师的房间不上锁。或许会有人假装想出了正确答案,拿着一张纸离开,实际上却偷偷溜进书房偷看小说的解决篇。"

"不会吧?"堂岛说。

"我也认为不可能,但人有时免不了会冲动。"说着,颚川瞟了一眼旁边的坂东。

"知道了。在找出正确答案之前,大家都不能单独行动,是这个意思吧?"千叶向他确认道。

"对。虽然会带来不便,但希望都能遵守。"

大家一致同意颚川的提议。

4

鸽子钟响了八下,已是上午八点了。

躺在沙发上的颚川坐了起来,抬手搓了搓脸。

"哎呀,一晚上都没睡。"

"您睡得还不好吗?"趴在餐桌上的堂岛疲惫不堪地说,"都打呼噜了。"

"啊?是吗?"颚川迷迷糊糊地环视室内,问,"那两人呢?"

"千叶好像洗脸去了,坂东大概上厕所了吧。"

"哦。"颚川张开双臂伸了个懒腰,忽然像想起了什么,问,"不会有人已经解开谜底了吧?"

"不知道。坂东一直在那张沙发上打盹,千叶整晚在这里苦着脸冥思苦想。估计还没有人解开。"

"是吗?这么说我还有机会。"颚川抱着胳膊点了点头,"半夜不会有人偷偷溜进了老师的房间吧?"

"放心吧。大家都相互盯着呢。不信你问他们俩。"堂岛不耐烦地说。

那两人一起回来了。

"颚川,醒啦?"千叶揶揄道,但自己看上去也疲惫不堪。

"大家都说,老颚好像准备放弃比赛了。"坂东说。

"开玩笑!现在我要开始发力了。"

颚川话音刚落,二楼传来一声女人的尖叫。

"什么声音?"坂东向天花板望去。

"是樱木。"堂岛站起来,冲出门外。其余人也跟了上去。

上了楼梯,是一条走廊,尽头就是鹈户川的书房。樱木弘子正呆呆地站在书房门口。

"怎么啦?"堂岛问。

"啊……这……鹈户川先生……他……"樱木弘子指着室内,嘴唇像金鱼一样不停颤抖。

堂岛打开门走了进去,另外三个编辑紧随其后。一看到室内的情形,所有人都不由自主地停下脚步。不只是脚步,一切动作都停止了,没有一人出声。

鹈户川邸介倒在地上。旁边书桌上的笔记本电脑还开着,白色 A4 复印纸散落室内,其中一张落在鹈户川的作务衣上。

"大家都别动。"颚川边说边靠近鹈户川,单膝着地蹲下,抓起鹈户川的右手腕。很快,他抬眼望向其他四人,摇了摇头。

"他死了吗?"千叶问,声音有些发抖。

"是啊,而且……"颚川闭上了嘴。

"而且……什么?"坂东催促道。

"不是自然死亡。"

"你说什么?"坂东忍不住往前冲去,想靠近尸体,却不知是否因双腿发软,只冲了两三步就站住了。

千叶和堂岛二人走近尸体,樱木弘子依然伫立不动。

"你们看这里。"颚川指着尸体的脖颈说。

鹈户川邸介肥硕的脖子上明显有被绳状物体勒过的痕迹,上面还有文字,估计是作案工具印上的。

文字是印上去的,所以是反的,还原后是英文字母"TU"。

堂岛拿起自己的领带,发出一声轻呼。

(问题篇完)

将近零点时,金潮社文艺出版部的片桐敲响了岛袋银一郎书房的门。晚饭后他一直在与猜凶手的小说缠斗,没有洗澡,所以头发有点乱,脸上满是油,脖子上那条昨天刚做好的庆祝岛袋银一郎出版百册书纪念领带也系得松松散散。

"请进。"

听到回应,片桐说声"打扰",推开了门。

岛袋正坐在房间最深处的书桌前,背对着门。他在便携式文字处理机的键盘上敲了几下,转过椅子。

"猜到凶手是谁了?"岛袋兴趣盎然地问。

"差不多吧。"片桐说,"我想应该不会有错。"新长篇小说是我的了!他极力克制自己,以免脱口而出。

"哦,那我洗耳恭听。你要是顺便说说对这部作品的感想就更好了。"岛袋抱起双臂,看着片桐。

房间里没有多余的椅子,片桐只好站着说话。

"首先我认为这篇小说写得非常有趣。"他开口道,"把猜凶手小说的问题篇分别交给四个编辑,做出正确推理的人才能拿到新长篇小说,这一点尤其有意思。"

"是啊。"岛袋开心地哈哈大笑,"其实和现实世界一模一样,虽然人物的姓名是虚构的。"

"您是说我也是书中编辑的原型之一?"

"这我可不能告诉你。"岛袋笑着从桌上拿起一根烟,叼在嘴里用打火机点着。

"还有一点我认为也很有意思,即没有用特定视角去描写某个人物。通篇对人物的心理没有任何描写,自始至终都把关注点放在外在的表情和动作上,对所有人物的描写都是同等的。所以除了被杀的鹈户川邸介,其余五个人都有嫌疑。"

"那是为了彻底贯串猜凶手小说的意图。"岛袋吐了一口烟圈,似乎心满意足。

"对此我完全明白。"

"嗯。请告诉我你的推理。"

"好的,但请让我先指出非常重要的一点。"片桐竖起手指,"这篇小说在叙述上巧妙地使用了叙述性诡计。如果看不出这一点,大概很难猜出凶手。"

(问题篇完)

解决篇

"叙述性诡计?"岛袋歪着脑袋,噘了噘下唇,"你是说作者对读者设了个骗局?"

"是的。"

"哦。"岛袋拿起放在桌上的小说问题篇复印件,哗啦哗啦地翻着,说,"果然如此,有意思。接着说。"

听起来好像作家从未想过要使用叙述性诡计,片桐心生一丝不安。但他仍觉得自己的推理不会有错,便深吸一口气,开始解释。

"我先来做一个简单的推理。首先我们注意到作案工具显然是一条领带,而这条领带是那天坂东带来的样品,准备在庆祝鹈户川邸介出版五十本书的纪念会上送给来宾。因此除了坂东,可以认定其他人不可能有预谋。这样首先就排除了秘书樱木弘子的作案嫌疑。"

"关于领带,我希望你猜一猜作者的设想。也有可能这条领带不是样品,而是作为庆祝出版五十本书纪念会赠送的礼品实物,提前送过来的。"

"这个我知道。"片桐说着摸了摸身上的领带。这是准备在庆祝岛袋银一郎出版一百本书纪念会上作为礼品送给来宾的领带样品。也就是说,此时有同样领带的人除了片桐,还有在这栋房子里的男编辑。

"好吧,那么凶手就在四个编辑当中。"岛袋催着他往下说。

"是的。接下来我们分析一下可能的案发时间。首先,从晚餐时间到夜里十一点之间,没有一个编辑单独行动过,从零点到尸体被发现之前也一样,所以案发时间可以认定是在十一点到十二点之间。在这期间谁单独行动过呢?颚川、千叶、堂岛三人都单独行动过,只有坂东总是和其他人在一起,也可以排除他的嫌疑。"

"到这里为止,"岛袋咳了一下说,"谁都能看出来。"

"的确如此,问题是在此之后。我注意到坂东出门追樱木弘子直到她的房门前,求她告诉自己凶手是谁的时候,颚川半路杀了出来,随后听到樱木弘子的房间里传来鹈户川邸介打来的内线电话,所以这时鹈户川还活着。此后颚川和坂东一直在一起,所以如果坂东不是凶手,那么颚川也可以摆脱嫌疑。"

"的确如此。"岛袋从烟盒里抽出一根香烟,叼到嘴里点着。这时他注意到刚才点着的香烟还放在烟灰缸上,便急忙捻灭。"接着说。"岛袋说,"到此为止,犯罪嫌疑人只剩下千叶和堂岛了。"

"和樱木弘子分开后,颚川和坂东出门去院子里散步,碰到了准备去卧室的千叶。那么之后千叶和留在起居室的堂岛都是单独一个人。究竟谁是凶手呢?"

"是啊,是谁呢?"

"是堂岛。"

"为什么?"

"因为千叶没有领带。"

"没有领带?"

"因为千叶是个女人。"

"啊……"

岛袋大张着嘴,好像瞬间静止的镜头一样一动不动。看着他傻呵呵的表情,片桐接着说:"这就是我刚才提到的叙述性诡计。在这篇小说的问题篇中,从头到尾没有一个地方显示千叶是男人,也没有出现自称"僕"或者"俺"[1]的对话。小说中有一个情节是坂东在车上给大家发领带,

---

[1] "僕"(BOKU)、"俺"(ORE)是日语中的第一人称,通常由男性用来指称自己。

但通篇找不到千叶系领带的描述。"

岛袋反复看了好几遍理应由他自己写成的小说，然后"嗯"了一声。"但是，这里并没有说千叶是女人。如果仅仅因为没有千叶是男人的记述就声称千叶一定是女人，这可算不上正确的推理。"

"您说得不错，但我当然已经找到了显示千叶是女人的描述。"

"在哪里？"

"就在四个人用过晚餐交谈的时候。这里有一处细节描写，说千叶把外衣搭在椅背上，垂着左手摆弄上面的纽扣。既然是用左手，那么外衣纽扣必须是镶在衣服左侧的，这就说明那是一件女式外衣。"

"是吗……"岛袋找到那个部分反复看了几遍，点点头说，"原来如此。"

"根据以上推理，凶手就是堂岛。怎么样？我认为这个推理应该就是正确答案。"

岛袋好像没有听到片桐的话，只是不停地点头，然后慢慢抬起眼睛，终于将视线落在年轻编辑的脸上。"好啊，我明白了，原来是这么回事！对，这应该就是正确答案。我想这就可以了。哎呀，这下好了，太好了！"说着，他一转椅子，转身朝向桌子。

片桐莫名其妙地看着作家圆滚滚的后背。"呃，这是怎么回事？您说明白了是什么意思？太好了又是怎么回事？"

岛袋又转过身，脸上堆满尴尬的笑容。"这个，我向你坦白。其实我也不知道凶手是谁。"

"啊？"片桐瞪大了眼睛，"不知道，这到底是……"

"这篇小说是我去年去世的妻子留下的。你大概也听说过流言称我妻子是我的影子写手。好像大家都不怎么相信，其实那是真的。"

"啊？"

"嘘，"岛袋把食指放在嘴唇上，"声音别那么大。我出过的书也不全是我妻子写的，其中也有几部出自我之手。"岛袋说出几部作品的名字，据片桐所知，那些都被公认为岛袋的败笔。

"所以夫人死后，您的写作进度就慢下来了？"

"可以这样说。一本接一本地写小说实在是不容易啊。"岛袋事不关己似的说。

"所以，这次的猜凶手小说……"

"是我妻子的绝笔。她写到一半，也没告诉我应该怎么解决就死了，所以拖到现在都没有发表。最近实在是找不到好题材，就以猜凶手小说的形式把这篇拿出来发表了。因为是月刊，我想有一个月的时间来考虑解决篇，应该没问题。"

"但您没有找到答案。"

"你说对了。"岛袋拍了一下手,说,"我绞尽脑汁都想不出来,所以想让编辑部给我提供读者寄来的答案,一旦有合适的,我就以此作为参考来写解决篇。"

"啊……"

片桐惊讶得说不出话来。岛袋这样做也太大胆了!连凶手是谁都没弄清,就把赌注押在读者身上,贸然发表猜凶手小说的作家,恐怕在这世上找不出第二个了。

"可是这一设想进展得并不顺利。"岛袋绷着脸说。

"为什么?"

"因为没有收到像样的答案,确切地说是没有多少应征稿。我倒也听说过小说杂志的销售情况不太好,但没想到竟然这么差。"

那正是因为有你这样的作家——片桐强忍着没有说出这句话。

"所以您就想到了我们?"

"是的,"岛袋高兴地说,"我想说不定你们能帮上我这个忙,结果如我所愿。这真是太好了!我不会出丑了!"

"这……真是太好了。"

"好,好!就是这个情况,现在我就写解决篇。"岛袋把椅子一转，面对文字处理机的键盘。

片桐呆呆地看着作家的背影，半晌才说出话来。"那个……"

"什么事？"岛袋答应了一声，口气听上去好像在说："你怎么还在这里？"他仍背对着片桐。

"就是说好的那部原稿。"

"说好的原稿？"

"您不是说过，要把新写的长篇小说原稿作为奖励交给猜出凶手的人吗？就是当时给我们看的那份原稿。"

"哦，那个呀。那东西还在纸袋里。"岛袋背对片桐伸手指了指房间一角。

那里的确有一个纸袋，里面依然装着一沓 A4 纸。

"我可以把它拿走吗？"片桐问。

"啊，你要是愿意就拿走吧。"

"我这就拜读。"片桐兴奋地取出那沓纸，脸色刹那间变得煞白，"老、老师……您这是什么意思？这里什么也没有，全是白纸呀。"

"是白纸。那又怎么啦？"

"怎么啦……"

"我从没说过那是原稿。我说过谁猜中了凶手就给谁长篇，但没说已经写完了。"

"这……难道从一开始您就打算骗……"

"你不要把人说得那么坏嘛。"岛袋稍稍侧过脸对着片桐说,"你不用担心,下回写的长篇我一定给你们。这样可以了吧?"

"可那不是夫人的作品吧?"

"那当然,她已经死了。"

"那么就算您说要写,也不知道会是什么时候,对吗?"

"你烦不烦哪!"岛袋不耐烦地说,"你们只要乖乖等着就是了。不要忘记畅销书作家也是人,不是神仙。听明白了就赶紧离开。"

看到作家生气,片桐条件反射地向门口走去。就在握住门把手的时候,他看到了领带上的图案。这是庆祝岛袋银一郎出版百册书的纪念领带。

一股强烈的冲动从他的脑海里迸发出来。他转过身,慢慢解开领带,从背后接近作家。

(解决篇完)

超高龄化社会杀人事件

1

来到约定的涩泽咖啡店,还不见薮岛清彦的身影,小谷健夫不由得松了一口气。他挑了一个便于观察门口的位置坐下,见服务生过来,便点了一杯咖啡。

他环顾店内,见净是四人座桌椅,心想,从第一次来这家店到现在过去多少年了呢?自接任与薮岛的联系工作后才开始来这家店,所以至今大概有二十来年了。第一次是以前负责和薮岛联系的前辈编辑带着来的。当时传真已非常普及,更有不少作家已开始通过电子邮件发送稿件,所以编辑和作家相约在咖啡店见面的情况逐步减少,薮岛却一直喜欢当面交稿。这家店就是他们交接原稿的地方。

今天小谷也是来取稿的,小说月刊《小说金潮》上正在连载薮岛的一部推理小说。

小谷的邻座坐着一位年轻男子,正在摆弄一台手掌大小的电脑，一根短天线直立着，看样子他正在上网。继手机和小型电脑一体化以后，手掌大小的超小型产品在几年前也开始进入人们的生活，小谷所在的出版社便有人使用，这样就能随时随地接收稿件、联系印刷厂。听说有一天，一位年轻编辑腹泻得厉害，便在自家的卫生间里完成了几乎所有的工作。这种事在小谷年轻时根本无法想象。

但这东西不是万能的，并非所有问题都可以靠它来解决，小谷脸上悄悄浮现出一丝会心的笑容。尽管进入二十一世纪已很久了，但机械文明并没有冲击到每一个人，至少还有像此刻的自己一样，为了取作家的稿件特意跑到咖啡店的编辑。薮岛清彦迄今依然保持着二十年前的老习惯，既不用传真也不用电子邮箱发送稿件，他甚至还在手写原稿。

服务生端来了咖啡。小谷闻了闻黑咖啡的香味，喝了一口。二十几年来，这家店的咖啡味道一点也没有变。他觉得这里的咖啡会使自己振作起来。前些天有周刊称咖啡喝多了对身体有害，但他觉得无关痛痒。对于编辑来说，咖啡难以割舍。其实香烟对他来说也是如此，只是因为几年前政府出台规定禁止在公共场所吸烟，只好忍痛割爱，咖啡就成了他最后的堡垒。

小谷打开包，拿出一个很大的信封，里面有几份装订好的原稿。他都拿了出来。

那是薮岛清彦目前正在连载的小说原稿,已连载九回,所以共有九份。

小谷翻开第一回的原稿,又喝了一口咖啡,看了起来。

2

《白雪山庄资本家之女密室被害事件》第一回

高屋敷秀麿下了火车。刺骨的寒风迎面吹来,他不由得抬手拉了拉风衣领子,沿寂静的站台向检票口走去。检票口站着一位白发工作人员,脚边有一台电暖器。工作人员正等着检查他的车票。高屋敷走到近前,递过乘车票和特快票。

木结构的火车站不大,候车室也很小,里面围着一个煤油炉摆着U形凳子。两个看似母子的人正坐在凳子上。母亲三十多岁,穿一件套头毛衣和红色连帽厚夹克。男孩看样子刚上小学,正拿着一本漫画杂志,边看边来回晃动套着黑色橡胶长靴的双腿。

高屋敷正要坐下去,门口进来了一个男人。此人身材高大,身穿皮背心,头戴防寒耳罩,年龄在五十岁上下。

"请问您是侦探高屋敷先生吗?"男人问。

"是的。"高屋敷回答。

"对不起,我来晚了。我是樱木别墅的管理员中村铁三,是来接您的。"

"哦,谢谢。"高屋敷摘下帽子低头致意,"谢谢你特地来接我。"

铁三是开着四驱车来的。路上积雪很厚,开这种车的确安全一些。

"大家都来了吗?"上车后,高屋敷问道。

"是的。梅田先生和夫人早晨就来了,松岛先生和竹中小姐刚才也到了。"

"哦。大家身体都还好吧?"

"梅田夫人有慢性风湿病,经常会痛,今天一来就去了温泉。其余各位看上去都很好。"

"那真是太好了。看来这个新年我们又可以过得很开心了。"

"是的,大家都这样说。"

一周前,樱木要太郎邀请高屋敷去他的别墅过新年。樱木是高屋敷的大学同学,毕业后两人一直保持联系,即使不见面,至少也会互寄贺卡。

两人最后一次见面是在几年前樱木位于等等力的家里。就是在那一次，他认识了梅田夫妇、松岛次郎和竹中加世子等人，成了朋友。这几人和樱木都有近四十年的交情。

　　"美祢子还好吧？"高屋敷又问。

　　"是的，她很好。"

　　"又漂亮了吧？"

　　"是的，是的。"铁三好像听到别人夸自己似的，眯起了眼睛。

　　美祢子是樱木的独女，但不是亲生女儿，是他第三任太太带来的。没有孩子的樱木和他的新任妻子非常溺爱她。高屋敷几年前见到她时，她还在读女子大学，算起来现在应该有二十五岁了。

　　四驱车在雪地里缓慢前行。铁三开得非常小心，坐在副驾驶席上的高屋敷一点也不觉得害怕。

　　从车站出来一直都是上坡路，车行驶得很稳健。然而过了坡顶下坡时，车速忽然快了起来，轮胎似在打滑。危险！高屋敷忍不住看了一眼旁边的铁三，只见他脸色铁青。

　　"怎么了？"

　　"刹车……刹车失灵了！"

　　"什么?！"

3

小谷一口喝干已经凉了的咖啡,抬头往门口看了一眼。约定时间已过去十多分钟,薮岛还没有出现。但这种情况也不是第一次了。小谷估计十分钟之内他还来不了,便叫来服务生,又要了一杯咖啡,重新审视刚看过的内容。

他想到此为止内容还说得过去。作为系列人物,高屋敷秀麿的出场也算自然,而且从上述内容中多少也能察觉出随后可能发生的情况,小说一开始就出现刹车失灵这一事件的前兆也还不错。

如果硬挑毛病,就是太过缺乏现代气息。这部小说的时代背景应该是现代,与时代格格不入的地方却多得出奇。

首先,木结构的火车站现在即使在偏远地区也早已见不到了。其次是检票,全国所有车站都已换上自动检票机,完全不需要人工检票。还有候车室内的那对母子,完全不像现代人。现在的孩子在这种场景中拿着的一定是超小型电子游戏机。对母亲外形的描写也土得离谱,现在究竟还有多少人知道带帽厚夹克之类的东西啊。

算了,这些都不重要,重要的是小说整体是否合理。第一章在这一点上应该说没太大问题。

面对刹车失灵的状况,高屋敷急中生智,才没有酿成惨剧。他下车后查看车况,发现有人动过手脚。高屋敷嘱咐铁三不要对任何人提起此事。

到了别墅,樱木要太郎和其他客人正在起居室里谈笑风生。小说依次介绍了梅田夫妇、松岛次郎、竹中加世子等人后,美祢子登场了。

> 犹如仙女下凡一般,身着白色礼服的美祢子慢慢走下楼梯,美得几乎令人窒息。

这也太生硬了吧,小谷苦笑起来。这种描写实在太陈腐,难道就不会用些更新鲜的说法?不过仔细想想,薮岛能写成这样已经很不容易了。

美祢子身后跟着一个叫杉山卓也的年轻人。连载的第一回就在樱木向大家介绍此人是美祢子的未婚夫时结束了。

小谷心想,这时那个人的脑子还算比较清醒。那个人指的自然是薮岛清彦。然而随着第二回、第三回连载的继续，情况越来越怪。

小谷拿出第三回原稿，翻到后面描写樱木美祢子的尸体被发现的部分。

> 早餐已摆上餐桌，美祢子却迟迟没有下来。
>
> 正在看报纸的要太郎抬头看了一眼墙上的钟，皱起眉头。"美祢子到底在干什么！大家都到齐了，她还磨磨蹭蹭的。难道还没有起床？"
>
> "没关系。想必是昨天晚上陪我们，累着了。"梅田房江微笑着说。
>
> "是啊，特别是昨晚还向我们介绍未婚夫，一定是太紧张了。不用在意我们，就让她多睡会儿吧。"梅田健介说道，松岛次郎和竹中加世子也都点头赞同。
>
> "不不不，我很感谢你们善解人意，但樱木家的继承人不能这样。卓也，今天早上你见到美祢子了吗？"
>
> 杉山卓也回答"没有"。
>
> "也许在睡觉。淑子，麻烦你去把美祢子叫起来。"要太郎吩咐女佣。淑子应了一声，上楼去了。
>
> "看样子今天天气不错。"透过面向阳台的落地窗，竹中加世子看着外面说。

"天气预报说今晚开始会有暴风雪。"松岛次郎说。

"啊,真的吗?"

"昨晚的新闻是这么说的。"杉山卓也语调客气地说,"据说一月头三天天气都不太好。"

"真遗憾。那么元旦的日出也看不成了?"梅田房江侧着头说。

"这样不是也很好嘛,大家可以一起喝酒赏雪。"梅田健介笑眯眯地说。

"你就知道喝酒。"

这时正在看书的要太郎看了一眼手表,歪着脑袋说:"美祢子到底在干什么呢?不会真的还在睡觉吧?"

"没关系。想必是昨天晚上陪我们,累着了。"梅田健介说。

"是啊,特别是昨晚还向我们介绍未婚夫,一定是太紧张了。不用在意我们,就让她多睡会儿吧。大家说是不是?"梅田房江说完,松岛次郎和竹中加世子也都点头赞同。

"不不不,我很感谢你们善解人意,但樱木家的继承人不能这样。淑子,麻烦你去把美祢子叫起来。"要太郎吩咐女佣。淑子应了一声,上楼去了。

第一次看到这里时，小谷不明所以，从头又看了一遍，发现是写重了。当时他并未在意，心想可能是薮岛因故中断了写作，再写时出现了笔误所致。

然而再往下看，又碰到了意思不清、难以理解的内容。

    忽听二楼传来一声尖叫。樱木抬起头，将视线从杂志上移开。"什么声音？"

    "是淑子。"松岛说着站了起来。

    松岛跑上楼梯，高屋敷也跟了上去，接着是要太郎等人。

    松岛第一个跑进美祢子的房间。"啊，不好了！"他叫了起来。

    高屋敷也跑进了房间。看到里面的情形，他倒吸一口凉气。

    美祢子倒在床上，背上插着一把刀，看上去扎得很深。

    "怎么回事？为什么会这样……"随后进来的要太郎痛苦地呻吟道。

    "不知道。我来的时候已经这样了。"淑子在屋外浑身颤抖着说。

    高屋敷走近窗边，仔细观察窗户，然后转身对着大家说:"窗户锁着,也没有被动过的痕迹。"

大家都陷入沉思。

高屋敷问淑子:"你来的时候门关着吗?"

"关着。"淑子点头说,"没错,是关着的。"

高屋敷沉吟了一声,说:"这就怪了。"

"什么意思?"松岛问。

高屋敷说:"从现场情况来看,美祢子是被人杀死的。但窗户锁着,门也关着。凶手是怎么离开这个房间的呢?这是一起恐怖的密室杀人事件。"

小谷记得拿到这份原稿后,反复看过此处。他不明白为什么这是一个密室,确切地说,是弄不懂"门关着"的意思。无奈之下,他只好打电话问薮岛。"这个,是门锁着的意思吗?"

"当然是。"薮岛当时回答,还补充了一句,"是从里面锁上的。"

"可上一回说,门锁是挂钩式的。"

"是挂钩式的,那种钩住金属零件的锁。"

"可这样门不可能从外面打开呀。"

"这不是明摆着的吗?如果不是这样还叫什么锁?你到底想说什么?"

"没有,那个,我在想,如果是这样,女佣是怎么进房间的?"

"啊,什么?"

"女佣啊,她进了房间,对吧?"

"谁说她进房间了?你好好看看,这不是写着'在屋外浑身颤抖'吗?"

"是啊,这个我知道。那么是谁把门打开的呢?"

"是松岛。你在看哪里呀?"薮岛有点急了。

"那么松岛又是怎么打开门的?不是说门是从里面锁上的吗?"

"啊……"薮岛顿时哑口无言。

他的沉默使小谷深感不安。他不会现在才注意到这一如此明显的矛盾吧?

"或者,"小谷说,"是松岛用力把门撞开的?"

他这样说多少是在替薮岛解围,薮岛却像没有理解他的意图,反问了一句:"啊,什么意思?"

"门不是从里面锁上的吗?所以如果要打开,就只能把门撞坏。"

薮岛沉默片刻,大声说道:"啊,对,对,就是这样的,是把门撞坏后进去的。我糊涂了,最近我太忙了。"

"那么'松岛第一个跑进美祢子的房间'这个地方,是不是也改成'美祢子的房间好像上了锁,松岛用力把门踢开,走了进去'?"

"嗯,可以,"薮岛说,"我也是这样想的。"

"但这样一来,女佣的尖叫声就不好处理了。"

"尖叫声?"

"对。高屋敷他们是听到尖叫声后才跑到二楼的。那么女佣为什么会发出尖叫呢?"

"这还用说吗?当然是因为看见了尸体。"

小谷只觉头大如斗,强忍着性子继续问道:"可这个时候门不是还锁着吗?她又是怎么发现尸体的?"

小谷听到电话那端传来"啊"的一声轻呼。

"这时女佣还没有发现尸体,对吧?"他继续问。

"你这个人怎么这么啰唆!"薮岛沉默良久才开口,语气听起来很不悦,"总是盯着这种小问题是写不出大作品的。你要是喜欢婆婆妈妈的小说,就应该找别的作家。"

"啊?这……对不起。"

"我也是人,要写出没有任何纰漏的东西是不可能的。弥补这些漏洞不正是你的工作吗?"

"那么我就自己看着改了?"

"你改吧,我很忙。"薮岛挂断了电话。

于是小谷就将情节改成女佣淑子感觉美祢子的情形非

常奇怪，就把高屋敷等人叫了上来。看着改好的原稿，小谷心想那个谣传看来是真的。

谣传称，薮岛清彦最近变得越来越糊涂了。

4

小谷并非完全没有意识到这一征兆。薮岛最近的作品矛盾迭出,让人难以理解的内容越来越多,要么故事情节太过牵强附会,要么破解过程不合情理,这在他过去的小说中不曾有过。小谷想,该来的事情终究也落到薮岛清彦身上了。仔细想想这也难免,毕竟他今年已九十岁了,应该说到目前为止他还是很努力的。

目前还活跃的小说家,年过九旬的老人占了好几成,其中有几位据说已患上老年痴呆症。但这并非表示现在忽然流行看老年作家的作品了,仅仅是作家同时上了年纪而已。

进入二十一世纪以后,日本人远离书本的现象进一步加剧。书籍滞销,作家的生活无疑会很窘迫,因此立志当作家的年轻人急剧减少。在数十年间,活跃在小说界的作家几乎都是老面孔，也就是说，当初三四十岁的作家们至今仍在写作。

不仅是作家，读者同样也上了年纪。数十年来，新读者几乎没有增加。可以肯定地说，现在的读者基本上都是数十年来一直不变的老顾客。他们也从未想过要买新作家的书阅读，只是勉强继续看一些喜欢的作家的作品。

因此对于出版社来说，与出新作家的书相比，出老作家的更安全。在这种背景下，尽管老作家们已年过九旬甚至近百，出版社依然向他们约稿。

尽管如此，小谷还是觉得按薮岛清彦目前的情形，再请他写小说的确太困难了。先不论其他类型的小说，至少让一个大脑已开始迷糊的人去写推理小说确实不太可能。

小谷翻开《白雪山庄资本家之女密室被害事件》第七回。第一次看到时感受到的冲击大概不那么容易忘记。

情节是从侦探高屋敷遭遇第二起杀人事件开始的。根据上一回的内容，尸体是在离别墅有一段距离的森林中被发现的。

"那儿好像有人倒在地上。"松岛说着跑了过去。

高屋敷也跑了起来。积雪很厚，腿好像被拉住一样，跑起来很费力。

倒在地上的是美祢子,背上深深扎着一把刀。

"怎么回事?为什么会这样……"要太郎呻吟道。

高屋敷走近窗边,仔细观察窗户,然后转身对大家说:"各位,从现场情况来看,美祢子是被人杀死的。但窗户锁着,门也从里面锁着。凶手是怎么离开这个房间的呢?这是一起恐怖的密室杀人事件。"

什么呀!怎么又是美祢子的尸体?而且故事背景应该是在森林中,为什么描写的却是别墅里的情形?高屋敷宣布密室杀人的那段话也和第三回登出的部分差不多。

再往下看,内容就更杂乱了。

面无血色的梅田健介逼近要太郎。"都是你的错!是你把我们叫到这种鬼地方,我们才会一个接一个地被杀。把房江还给我!"

"梅田先生,你要镇定。樱木先生也是受害者,美祢子小姐也被杀了。"竹中加世子劝道。

"该死!混账!为什么这种倒霉事会落到我们头上!为什么房江要被杀!我决不原谅凶手!我要把他撕成碎片!"

这时名侦探神无月小次郎出现了。"不管有多困难,我一定要找出凶手。还没有我神无月侦探破不了的案子。"

看到这里，小谷才知道在森林里发现的第二个被害人原来是梅田房江。

最让他觉得不可理喻的是神无月小次郎这个人物。这部小说中本无此人，倒是在薮岛清彦给其他出版社写的小说中经常出现。看样子薮岛清彦把高屋敷和神无月弄混了。

故事在混乱中继续展开。

神无月对大家说："可见梅田房江女士被杀，是在铁三砍柴回来后的下午三点到尸体被发现的六点半之间。我需要大家配合，请告诉我在这段时间里，各位在什么地方、做了些什么。"

"我在书房看书。"樱木要太郎首先回答。

"有人可以证明吗？"高屋敷问。

"五点左右我让淑子端了一杯咖啡进来。"

"这不能作为证据。"松岛说，"三点到五点有两个小时，足够用来作案了。"

"松岛先生，您当时在哪里？"高屋敷问。

"我在后院散步,和竹中先生一起。"

"是的,我们在一起。"竹中和夫点了点头。

"梅田先生,您呢?"

"我和房江在房间里。对吧,房江?"

"是啊。"梅田房江回答得也很干脆。

"那么美祢子小姐被害的这段时间里,只有您一人没有不在场证明。"神无月指着樱木要太郎说。

小谷叹了口气。这一章节他已看过多遍,再看依然觉得非常头疼。

书中出现了两个侦探的名字,虽有点乱,但尚有办法处理。问题是在调查梅田房江被害一案的不在场证明时,梅田房江竟出现在房间里,还为丈夫出具不在场证明。竹中加世子则不知何时变成了竹中和夫,甚至连性别也换了。第二具尸体又成了美祢子,到底是怎么回事?真是头疼。

看来薮岛的推理作家生涯已到尽头,小谷想,等这次小说连载结束后,自己也许不该再向他约稿了。《白雪山庄资本家之女密室被害事件》勉勉强强、磕磕绊绊地到了最后一回,实际上,稿件中出现的众多自相矛盾、不可理喻的内容,最近一直都是由小谷自行修改。刚看过的第七回中,须修改的内容多得出奇,第八回、第九回的情况也基本相同。

问题是今天要取的最后一回。小谷想象不出情况会如何,所以尤其担心。他把稿子放回包里。就在这时,店门开了,薮岛清彦走了进来。

5

薮岛在门口站定,戴着老花镜的眼睛四下张望。小谷冲他招了招手,他好像没注意到。只能去迎一迎他了。小谷刚想站起来,薮岛面无表情地走了过来。

"来得真早。我以为你还没来呢。"薮岛说着坐了下来。

"啊……"小谷没多说什么,心想你迟到了四十分钟,还好意思说这种话。

服务生过来询问,薮岛点了一杯日本茶。

"老师,稿子呢?"小谷小心翼翼地问道。

"哦,拿来了。"薮岛点点头,环顾身边,说,"哎呀,放哪里了?"

"老师,会不会放在背包里了?"

"背包?我没带背包出来呀。"

"您正背着呢。"

"啊?"薮岛这才注意到自己背着背包,"哦,对了,是放在这里面了。你真厉害。"

"哦,这个……"小谷差一点说"您总是这样"。

"呃……有了有了。"薮岛拿出稿纸,"这可是篇杰作。"

"啊,那么我拜读一下。"小谷双手接过稿子。

服务生端来日本茶。小谷粗略地翻了翻稿子,余光瞥到薮岛很惬意地喝了一口茶。

上一回结束于高屋敷秀麿把大家集中在起居室内、准备揭开谜底的时候,这一回自然是接着叙述。

然而刚看了开头,小谷就发现完全不着边际。不知为何,所有人物竟然都到了东京,而且若无其事地在一起谈笑风生。小谷心想可能他采用了倒叙法,在日后的聊天过程中引出案件。至于事件的解决,将通过某个人回忆的方式道明,这样做可以吸引读者一直看到最后。

不管怎样先看看吧,小谷打定主意,翻开稿子,一目十行地看了起来。

稿子一页页地翻过,只剩薄薄几页了,小谷依然没有看到破解谜团的经过。小说中的人物好像已完全忘却白雪山庄惨剧,过着平静的日子。

就在小谷想着故事将如何发展时,一段文字令他大吃一惊。

"好了各位，我们该走了。"高屋敷对大家说。

"是啊。"

"走吧。"

今天有一场门球比赛，高屋敷率领一行人前去参加，大家很久没参加过这种比赛了。走在路上，高屋敷想起了樱木要太郎。他忘不了这位一年前杀死女儿后自杀身亡的朋友，想起了两人像今天这样一起参加比赛的往事。

为了你，我一定努力打好今天这场比赛。

高屋敷对着天空暗暗发誓。

"啊？"小谷哗啦哗啦翻着稿子，又从头看了一遍，问，"老师，这就结束了吗？"

"当然。"薮岛看着小谷，好像在说："难道你有意见？"

"凶手是……是樱木要太郎吗？"

"是啊，很意外，没想到吧？"薮岛得意地说。

"不是……不是意外不意外的问题。呃……谜底是怎么揭开的？"

"谜底？"

"关于杀人事件，不是设计了几个谜团吗？我想应该把这些谜底揭开才对吧？"

"谜底不是已经有了吗？凶手是樱木。"

"这个我知道了。但为什么是他、动机是什么，这些至少需要交代清楚吧？上个月发表的第九回中，高屋敷终于要开始推理，故事却结束了，所以我认为这一回最好接着写才对。"

"都这个时候了，你还在说什么呢？"薮岛忽然生气了，"不是一开始就说好了吗？这是最后一回。现在才说让我接着写是什么意思？"

"不不不，不是这个意思。"小谷急得直摆手，"这的确是最后一回，这一点没有问题。我的意思是最好把侦探解谜的过程写进这一回。"

"你的意思是让神无月小次郎揭开谜底吗？"

"不是神无月——"小谷赶紧改口，"对，就当是神无月吧。总之这一回中需要有侦探破解谜底的过程。"

"不是已经破解了吗？杀町子的是樱木。"

"町子？"

"樱木在船上勒住町子的脖子，把她杀了。"

"那个……老师，请等一下。这是哪部小说的故事呀？这不是我们这部小说的内容吧？樱木杀的不是美祢子吗？"小谷坐不住了。他站起来，曲着腿，身体前倾，拼命解释，引得周围客人纷纷用异样的目光盯着他，然而他已顾不得了。

"美惠子是我的侄女，她还活得好好的。"

"不是美惠子，是美祢子。"小谷把刚才看过的原稿放在桌子上，翻到美祢子登场的片段，说，"您看，这里写的是美祢子。"

"美祢子……吗？"薮岛咕哝一句，重重地点了点头说，"这是非常令人痛心的事件。在把未婚夫介绍给大家的那天晚上，美祢子被人杀害了。"

"是的，是的，就是这个故事。"小谷松了一口气，坐回到椅子上。

"而且，"薮岛接着说，"她被杀后的情形实在是太奇怪了。尸体的背上插着一把刀，所以绝不可能是自杀，可窗户和门都关得好好的，还都是从里面上的锁。那么凶手究竟是怎么离开房间的呢？怎么样？不可思议吧？在推理小说中，这就叫密室。"

"老师，老师，"小谷又站了起来，轻轻摆了摆手，说，"这一点我已经知道了。我都看过了。"

"你已经看过了？"

"是的，因为这个工作是我负责的。"

"哦，你太厉害了！这个……这本书是什么时候出版的?因为写得太多,我记不得了。"

"还没有出书,现在还在连载。我看的是原稿。"

"原稿?"薮岛睁开了眼睛,"哦,你买了我这么多书吗?真难得。这就是作家的幸福啊。"

小谷感觉胃部隐隐作痛。他很想逃离这里,可最终拿到的稿子还得想办法修改。

"那么,现在我想请您来揭开您说的密室之谜。"小谷诚惶诚恐地说。

"揭开密室之谜?什么意思?"

"就是请您揭开谜底,请您说明密室的秘密——凶手是怎样离开房间的。"

"这个要由我来说吗?"

"是的。因为想出密室之谜的人就是您呀。"

"不对,没这回事。想出密室的是爱伦·坡——埃德加·爱伦·坡,在《莫格街谋杀案》这部小说中。凶手太出人意料了!"

"我知道,"小谷强忍着想哭的感觉说,"在文学史上最早涉及密室的是爱伦·坡的《莫格街谋杀案》,这个我知道。但现在我说的不是《莫格街谋杀案》的故事,而是《白雪山庄资本家之女密室被害事件》。这个故事中的密室之谜不是您想出来的吗?所以只能由您来解释。"

"密室？"薮岛瞪圆了眼睛,"町子是在船上被杀的。"

小谷一屁股跌坐在椅子上。他感觉身上的力气一瞬间被抽空了。不行了,他想,以后不能再找薮岛写小说了。"好吧。那么请您告诉我町子被杀的原因。只要告诉我这一点,余下的我来想办法。"

"町子？被杀的是美祢子。"薮岛板着面孔说。

小谷强忍住挥拳砸向眼前那张脸的冲动。"是的,是美祢子。美祢子被杀的原因是什么？"

"这个嘛,因为她知道凶手的秘密。除了她,凶手还杀了一个人,而她目击了此事,所以也被杀了。"

"等等,您说另一个人……"

"应该还有一个人死了。"

"是梅田房江吗？"

"嗯,是吧。"

"可梅田房江是在美祢子死后被杀的,所以美祢子不可能目击房江被杀。如果反过来倒可以成立。"

"反过来？"

"因为目击了美祢子被杀,所以梅田房江也被杀了。"

"哦,是这样啊。"薮岛一脸佩服。

"这样还比较合理。"

"那就这样吧,就这么定了。余下的事就拜托你了。"

薮岛准备起身离开。

"请等一下。用这个理由解释梅田房江被杀没问题,可美祢子的问题还没有解决。她为什么被杀?"

"美祢子……吗?"薮岛陷入沉思。他的五官有些扭曲,看上去很痛苦。

终究是不行了,就在小谷准备放弃时,老作家忽然抬起了头。

"对了,我知道了!"

"什么?"

"美祢子目击了町子被杀,所以也遭到毒手。"

6

"真是没办法！好在这是最后一次从那家伙那儿取稿了。"小谷苦笑着拿出一沓稿纸。

"您可真不容易啊。"金子哗啦哗啦翻着小谷递过的稿子，附和道。稿纸上留下了无数推敲过的痕迹，到处都是红色的大字。

"揭开密室的秘密就不说了，连凶手的杀人动机他都不记得。我反复问他，却一点用都没有。没办法，只好自己动手看着写了。"

"每次都这样，辛苦您了。"

"我想了很多方法，最后决定用干冰作为制造密室的关键。我设想首先用干冰固定住门钩，等干冰融化后，门钩落下，于是门就锁上了。怎么样，这个设想够新颖吧？"

"是啊。"

"关于杀人动机,我改成是由于凶手畸形的爱。他太爱女儿,不想把女儿交给别人,所以萌生了杀意。我觉得这又是一个伟大的构思!"

"我觉得挺好。"

"那么你看一下,如果没问题就送印刷厂吧。我约了人。"说着,小谷拿起包,离开了房间。

等小谷的身影完全消失后,金子叹了口气。坐在一旁的吉野惠好像一直在注意他们,同情地说:"您可真不容易啊,总编。"

金子看着手表苦笑道:"没办法,陪着他说了一个多小时老年人的话题。"

"小谷先生今年多大了?"

"退休十年了,应该有七十了吧,在返聘的员工中还是个主力。"

"好在他说这是最后一次向薮岛先生约稿了。"

"他总是这样说,可到头来还是会找薮岛先生约稿。薮岛先生的书卖得还可以,我们也不好拒绝。"

"哦,卖得还行?这么说还是有点意思喽。"

"别开玩笑了,怎么可能有意思!就拿这次的《白雪山庄资本家之女被害事件》来说吧,和上次的《暴风雨孤岛天才歌姬密室被害事件》简直如出一辙,只是故事背景和人物名字不同,情节发展完全一样。"

"啊,是吗?可密室之谜和杀人动机不是小谷先生自己想出来的吗?"

金子脸上顿时布满阴云,摇摇头说:"这已经是小谷先生第三次修改薮岛先生的稿子了。他本人好像已经忘了,前两部作品也是密室事件,密室诡计也是干冰,动机也是畸形的爱。"

"咦,这是怎么回事?"

"我看这个人也开始糊涂了。"

"难以置信!这样的连载也要出书吗?"

"没关系,反正读者也不记得上一部作品的内容,毕竟他们的平均年龄已达七十六岁了。"

金子打了个大大的哈欠,扭头望向窗外,心想小谷此刻一定又在那家涩泽咖啡店,喝着已五十多岁的服务生端来的咖啡。

超预告小说杀人事件

1

《制服的厄运》第三回

杉山芭蕾舞团事务局长中山春子比平时早了约三十分钟来到单位。舞团位于杉井区,她的办公室和排练厅在同一栋楼。

她正想拿钥匙开楼门,却发现锁已开了,不禁吃了一惊。难道有人比她来得还早?这真是少见。在这个芭蕾舞团里,除了她,有楼门钥匙的只有团长杉山周助及其身为芭蕾舞总监、表演艺术家的儿子杉山晃一郎。周助去了欧洲,一定是晃一郎提前来了。就中山春子所知,晃一郎习惯晚起,从未像今天这样早早来到排练厅。

她想应该过去打个招呼,就去了排练厅。然而走在走廊上,她忽觉有些异样。如果晃一郎来了,停车场里应该有他的宝马爱车,可刚才经过那里时没看见呀。

她来到排练厅门口,怀着一丝不安慢慢打开了门。

宽敞的排练厅中央有一个白色物体,看上去有点像《天鹅湖》中扮演白天鹅的演员穿的服装。一定是有人忘在这里了。她慢慢走近,才发觉自己的判断完全错了。看着那儿,她不由得停下脚步,双腿颤抖不停。

那白色物体的确是《天鹅湖》的服装道具,只是里面还裹着一个女人。中山春子壮着胆子蹲了下去。她已认出倒在地上的女人正是舞团的首席女演员弓川姬子。

弓川姬子胸前插着一把短刀,血流得不多,在白色服装上留下了紫黑的污渍。

几秒钟后,

正要敲出"中山春子发出一声尖叫"时,门铃响了。正对着文字处理机的松井清史看了一眼桌上的钟,时间是下午两点十三分。他像弹簧般从椅子上跳起,跑向门口,透过门镜往外一看,远藤瘦削苍白的脸映入眼中。

松井打开了门。"嗨,您好。"他满脸堆笑。

"对不起对不起,我来晚了。"远藤歉然道。

"没关系,请进吧。只是房间有点小。"松井把远藤请进房间。

这是一个八叠①大的单间,房间里称得上家具的只有床、书桌和看起来就很廉价的玻璃茶几。书倒是不少,靠墙堆得很高。

远藤在松井拿出的并不太干净的垫子上盘腿坐下。"给,慰劳你的。这可是我特意给你买的佃煮。总吃方便面,身体会垮的。"说着,他把一个纸包放到桌上。

"哎呀,这怎么好意思。太感谢了。"松井点头哈腰地直道谢。

"哟,在写稿呢。这是连载第三回的部分吗?"看着文字处理机的屏幕,远藤问道。

"是的,但写得不太顺利。"

"没关系,反正离截稿期还有时间,不用太着急。对了,你收到这一期的《小说金潮》了吗?"

"昨天收到了。"松井说着从书桌上拿过一本小说杂志,放到远藤面前。

远藤哗啦哗啦地翻着杂志,翻到松井上个月写的《制

---

① 日本计量房屋面积的单位,1叠约为1.62平方米。

服的厄运》第二回。"我认为到目前为止,情节的展开还是不错的。"远藤说,"在第一回里忽然出现尸体的写法也很好。一个护士在医院的屋顶上被杀,这样的情节给人强烈的画面感。"

"谢谢。那么您觉得第二回怎么样?"

"嗯,也很好。百货公司的电梯小姐被杀的情节很吸引人。"

"您这样说我就放心了。"松井站起来走到灶台边,打开了咖啡壶的开关。壶里已放好咖啡粉和水。这是他事先准备好的,以便远藤一来就可以开始煮。

"只是,"远藤吞吞吐吐地说,"怎么说呢,杀人的情节的确很刺激,只是故事的展开有些平淡,出场人物也没什么存在感。我觉得对主人公,也就是那个报社记者的描写可以再发挥一下,赋予他更丰富的个性就更好了。"

"是吗……"松井换了个坐姿,在远藤面前端坐。

"哎呀,你用不着摆出这么可怜兮兮的样子。作为小说,整体效果还是很不错的,故事的展开也很自然,人物的言行举止也没有什么太牵强的地方。虽然每一回都有人被杀,但并没有和现实世界脱节的感觉。我想这都要归功于你扎实的写作技巧。有些作家为了使故事高潮迭起,往往会让小说中的人物做出一些荒唐的举动,或编造一些不可能发生的状况。我认为与他们的小说相比，你的作品质量高多了。"

"谢谢您。"松井又低下了头。

"但是，从市场角度来看，情况就不同了。尽管那些小说的许多情节胡编乱造、信口雌黄，但如果故事吸引人，买的人就多。这就是现实。毕竟读者不会读得很仔细，也不拘泥小节。"

"我明白。"

"我还是希望你能写一些有冲击力的东西。"远藤右手用力握拳，"如果加入一些可能引起热议的故事，这部小说一定会大受欢迎。"

"要不我加一些刺激感官的情节，您看怎么样？"松井说出刚才想到的主意。

然而远藤一口否定了。他皱着眉摆了摆手说："不行，靠这种伎俩抓不住读者的心。你不会以为只要是刺激感官的场面就有冲击力吧？现在这个社会，AV随处可见，没经过任何修饰的照片在网上也早已泛滥成灾。"

"这……那我应该怎么做？"

"这个问题应该自己去想，这也是你的工作嘛。我非常希望咱们这部作品将来能让世人啧啧称奇。怎么说呢，其实现实生活中发生的事件比比皆是,远比小说更出人意料。"

说着,远藤好像想到了什么,从带来的包中拿出一张纸。看上去像是从报纸上剪下来的。

"对了,前些天我整理报纸时,看到一条非常有意思的报道。因为刊登的位置不太明显,当时没注意到。"

"是什么?"

"你看看,很有意思。"

松井接过报纸。这篇报道的确小得可怜,估计原本登在社会版某个角落里的。然而看完后,松井大吃一惊。它的标题是"松户医院惊现被勒杀的护士尸体"。

"有意思吧?"远藤笑眯眯地说,"和你写的第一回完全相同。这只是一个偶然,但我觉得非常不可思议,竟然会有这样的事情。"

"真的很不可思议。"

"也就是说,"远藤忽然变得很严肃,"对你来说,这样的案件是你挖空心思才写出来的,然而在现实生活中,这种事却随时都在发生。所以我觉得你应该再好好想想,看看还有什么可以作为小说素材。"

"我知道了。我会好好学习。"松井微微低下头。

2

喝完一杯咖啡,远藤回去了。松井又给自己倒了一杯咖啡,再次坐到文字处理机前,却无法立刻进入工作状态,因为刚才远藤说的话还在他脑海里盘旋。

冲击力——如果那么容易就能产生冲击力,我何至于这么辛苦啊!他叹了口气。

松井清史是三年前出道的作家。当时他报名参加了《小说金潮》的新人奖评选,作品被评为佳作,从此正式走上写作道路。大学毕业后十多年,他一直没有固定的工作,但朝着自己的作家理想不断努力,终于梦想成真,成了作家行列中的一员。

从此,他不断在小说杂志上发表短篇,偶尔也写长篇小说被出版成单行本,以此为生。但他的生活并不好过。

短篇小说的稿酬非常有限,即使出单行本,像他这样的无名作家，印数也不过几千，版税收入极其有限。单行本重印的情况到目前为止自然是从未有过。

这次给他提供小说连载机会的就是金潮社一直负责他的作品的远藤。远藤说服主编，把在《小说金潮》上连载的好机会给了没多少名气的他。也是机缘巧合，适逢新主编刚上任，希望有所创新，正在考虑提拔新人。若没有远藤的推荐，主编根本不知松井清史是何许人也。正因如此，松井非常希望能做好这项工作。他不想让远藤失望，不想让远藤后悔推荐了自己，更重要的是他希望借此一举成名。

《制服的厄运》是一部以连环杀人案为题材的推理小说，从护士到百货公司的电梯小姐、芭蕾舞团首席演员，凶手的目标清一色都是穿制服的女性。小说的主人公是一家报社记者，第一个被害的护士的男友。故事的主线是他从一个和警方截然不同的切入点接近事件真相，并很快和真正的凶手正面交锋。

松井重新看了一遍以前写的内容，发现远藤说得一点也没错，故事展开得的确过于四平八稳，换言之即枯燥乏味。他似乎明白了自己的书为何销路惨淡了。

就在这时，门铃又响了。他歪了歪脑袋，心想自己没有要接收的包裹，也不记得有人要来收款。

开门一看，门口站着两个男人，都穿着灰色西服，一个略显瘦小,另一个有点胖,很有意思的组合。

"呃,"胖男人看了一眼挂在门口的名牌,说,"松井先生是……"

"是我。"

"哦。"胖男人和瘦男人对视一眼,然后把视线聚焦在松井身上,从头到脚细细打量一番,"是作家松井先生?"

"对。请问有什么事吗?"

"哦,是这样,我们想请您协助调查一件案子。"他拿出警察手册。

松井睁圆了眼睛,问:"什么意思?"

"可以进去吗?"胖刑警指了指室内。

"哦,请进。"

松井把两个刑警让进房间。两人并排而坐,看上去有点拘谨。他们首先做了自我介绍,胖的姓元木,瘦的姓清水。

"我们就开门见山吧。您现在正在小说杂志上连载《制服的厄运》,对吧?"元木问道。

"是的,我还在写。"

"第一回写的是一个护士被杀的故事?"

"对。"

"松户医院发生了一起与小说一模一样的案件,您知道吗?"

"哦，是的，我刚听责编说了，正感到惊讶呢。"

"事实上，"说着，元木将视线投向房间的一角，那儿放着一本这一期的《小说金潮》，他伸手拿了过来，"又有一起案件发生了，尸体是在今天上午发现的。"

"又一起……"

"被害人是位于大宫的万福百货公司的电梯小姐，好像是被凶手用锥子之类的东西扎进了后脖颈。我们判断为当场死亡。"

"啊？"松井惊讶得说不出话来。

"您自然知道，"元木拿起《小说金潮》，"昨天发行的这本杂志中有您写的小说，而这起案件又和您笔下的故事惊人地一致。"

3

"哦？怎么会有这么巧的事情，简直难以置信！"远藤边喝咖啡边说。

"是啊，我想只是巧合吧。"松井往嘴里送着冰激凌。

两人正坐在金潮社旁边的一家咖啡店里。这次是松井来找远藤，告知刑警找过他一事。

"警察倒也真厉害，竟然注意到了案件与你的小说之间有相似之处。看来也有警察喜欢看《小说金潮》。"

"听说是市民打电话报告警方的，但没说姓名。"

"哦，所以刑警才找上门来问你？"

"其实也没问什么，只问了一些诸如小说发表后有没有听人说过什么、周围有没有异样的事发生、对这一连串案件作何感想等等。"

"不可能有吧？"

"当然没有。"松井一口否定,"不是我故作姿态,自从出道以来,我从未收到过书迷来信或骚扰信件。不管我发表什么样的小说,好像都没人在意。"

"这没什么。"远藤笑着安慰松井,然后抱起胳膊,表情变得严肃起来,"我们也许可以好好地利用一下这种状况。"

"利用?"

看到松井的反应,远藤皱起眉头,好像在说:"你真迟钝!"

"你看啊,现实生活中发生的案件和小说中的情节一模一样,对不对?难道你不觉得这有点意思吗?"

"是有些意思,不过……"

"我在想,凶手说不定是看了你的小说以后才决定下一个目标。如果真是这样,你的小说就成了真实案件的预告。只要我们发布这样的消息,一定会引起关注,成为话题。同时人们也会关注松井清史这个名字,你的书也会供不应求。"

"会有这样的好事?"

"会,相信我这个编辑的感觉吧。就这么定了。我去找认识的报社记者聊聊,他们一定会极感兴趣,而且很可能会去采访你,你就等着吧。"远藤越说越兴奋。

然而，远藤认识的那些记者似乎并不像他想象中的那样。好几天过去了，松井也没接到一通报社记者的电话，其他媒体也没有任何要报道此事的迹象。

"目前还没有一个人表现出兴趣。"远藤来到松井的住处，面色阴沉地说，"他们说现在只要有一起可能引起世人关注的事件发生，就会有很多自称超能力者、预言家或占卜师的人宣称和自己预言的完全一致。他们似乎把我们也列入这一类人了。"

"我可是个作家。"松井说，"不是自称，是真正的作家。"

"我说了，可他们就是不理会，还给你扣上顶沽名钓誉的帽子。"

听到"沽名钓誉"一词，松井沉默了。他觉得他们说得没错。

过了一会儿，远藤冒出一句话："还会不会有下一次……"

"啊？"

"啊，不！这，就是……"其实完全不必担心有人会偷听他们的谈话，远藤却仍捂着嘴角，尽可能地压低声音说，"我在想还会不会发生和你小说中的故事一模一样的杀人案件。"

"这，这个有点……"

"是啊，我知道这话不该说。"远藤微笑道，"但如果真发生了,情况可就不一样喽。"

"哦。"松井挠了挠头,心想远藤也太天真了,怎么可能发生那种事。

然而,两周以后,松井一边吃着牛奶和烤面包组成的简单早餐,一边看报,他一翻到社会版,口中的牛奶差点喷了出来。

"芭蕾舞团首席演员被杀"的标题跃入眼中。

> 二十一日上午八时左右,位于东京都世田谷区××的镜芭蕾舞团内,前去上班的工作人员打一一〇报警,说有演员死在排练厅。警视厅成城警察局经调查确定死者是该团的原口由香里(二十六岁)。原口身穿演出服倒在地上,一把登山刀插在她胸前,血从胸口溢出。

松井惊恐地扔掉报纸,心想这怎么可能!他的视线落在一旁最新一期的《小说金潮》上。那是前天刚发行的。"这怎么可能!"他喃喃自语。

就在这时,电话铃响了。

松井拿起话筒,里面传来远藤的声音。"看报纸了吗?"

"看了,太让人吃惊了!"

"太好了！这次媒体不能再不注意你的小说了，很快你就要忙起来了。"

"可为什么会出现这种事？按照我写的小说去实施杀人，听起来太恐怖了！"

远藤咂了咂嘴。"这种事你就别想那么多了，一点用都没有，现在需要考虑如何好好利用这个机会。就在刚才，我认识的一个报社记者打来电话，要我说说你的事情。我一会儿再跟你联系，你先准备一下。明白吗？"

"哦。"松井不置可否地应了一声。远藤急急忙忙挂了电话。

该怎么准备呢？正想着，门铃响了。

来人是元木和清水两位刑警。他们看上去不如上次精神，眼睛布满血丝。

"发生在世田谷芭蕾舞团的案件您知道了吗？"听得出来，元木强忍着心中的怒气。

"我看到报纸了。"

"那么您应该知道我们的来意了。我们想问您几个问题。"

"好的，请进。"

松井把两人让进屋。刑警们刚落座就不约而同地拿出记事本。

"首先我们想问，为什么要杀护士、电梯小姐和芭蕾舞演员？当然，是指您的小说。"元木说。

"这个问题我该怎么回答呢？关于这部小说，我最初的设想就是描写专门向穿制服的女性下手的凶手，所以我想把被害人设定为护士、电梯小姐这样的人群可能会比较有意思……"

"有意思？"清水怒目圆睁，"你、你认为有意思就可以随便杀人吗？你有没有想过她们的亲人有多难过？"

"清水，清水，"元木拍了拍同伴的腿，说，"现在我们在谈小说。"

"哦，这……对不起。"清水拍着额头道歉。看得出，他是个急性子。

元木转向松井说："连载小说是事先写好的吗？我是说，早早就已把护士和电梯小姐设定为被害人了？"

"我想每个作家的做法不太一样。这是我第一次发表连载小说，所以会事先想好故事的基本提纲再动笔写，像护士、电梯小姐、芭蕾舞演员被杀都是在连载开始前就已确定。这些在预告中多少也有触及。"

"那么下一回呢？您决定被害女性的身份了吗？"

"这个问题我刚开始考虑。现在我必须着手写下一回的连载了。"

"哦。"元木交抱双臂，"事实上我们调查过您，结果显示身为作家的您好像并不出名，似乎也不在高纳税人名单里……"

"你不用兜圈子，我很清楚自己是个名不见经传的作家。"

"啊，是这样，因为接连发生的杀人案和您小说中的故事情节完全一致，我们感到很费解。我们不清楚凶手这样做目的何在。如果只是为了吸引世人的注意，他应该模仿名作家的作品才对。"

"我也这样认为。"

"所以说，凶手很可能特别喜欢您的作品，例如狂热的书迷。您仔细想想，有没有这样的人？"

"完全没有。"松井肯定地回答，"我甚至怀疑自己连一个书迷都没有。"

"这就奇怪了，我们完全弄不懂凶手居心何在。"

"是啊。"

元木松开胳膊，打开记事本，盯着松井，用一种看似平常的语气说："那么我们了解一下您的不在场证明。嗯，从护士被害那天开始吧。"

刑警们走后，松井不悦的心情久久难以平复。他们凭什么问我的不在场证明？难道在怀疑我？真是荒唐透顶！

他站起来打算喝杯咖啡定定神，门铃忽又响了，接着传来敲门声和女人的说话声。

"松井先生，您在家吗？松井先生！松井先生！"

咚咚咚。

松井急忙打开门。几乎与此同时，门外亮起一道道照相机闪光灯。

"喂，干什么！"松井不由自主地抬手遮脸。

"您就是松井先生吧？"响起一个女人的声音。

松井睁开眼睛，只见一个身着套装的女人正拿着麦克风站在面前。除了她，还有很多人在眼前挤来挤去，有几个人拿着照相机对他拍个不停。

"关于这起案件，您有什么看法？有女人像您小说中写的那样被杀了。"

"这，关于这件事……"

"您认为凶手的目的是什么？"

"我不知道。这个……嗯，我只是感到震惊。"

一个男记者在一旁插嘴问道："为什么您小说中的被害人都是穿制服的女人？"

"啊？这……"

"这是您的爱好吗？"

"不是，当然不是！"

"下次被杀的会是怎样的女人?"又有别的记者提出了问题。

松井刚一犹豫,问题已接连向他抛来。

"会是空姐吗?"

"会不会是女高中生?嘻嘻。"

"或者是SM女王?"

声音铺天盖地涌来,松井只觉脑中乱成了一锅粥。他想,这一定是一场梦。

4

砰的一声,门开了,远藤兴冲冲地走了进来。"老师,松井大师,太好了,终于来了!哈哈哈哈。"他将一瓶酒咚地放在榻榻米上,顺势盘腿坐下。

"怎么啦?"

"你知道吗?《小说金潮》都卖疯了。你以前出版的单行本也要全部加印。"

"啊?加印?"松井不由自主地挺直了腰背,"这是真的吗?"

"当然是真的。真是太好了!我们来干一杯。"

"哦,好好。"松井站起来,走到厨房水池边洗杯子。

加印!这是多么令人激动的消息啊!这个词以前仿佛和他没有任何关系,他甚至想过这辈子或许都与这个词无缘。

"呃……"正在洗杯子的松井停了下来,回过头。他发现自己还没有问最关键的问题。"准备加印多少本?"

"数量嘛,"远藤微微一笑,"加印两万本。"

"两万……"

"你一共出过三本书,所以合计加印六万本。"

松井忽然觉得双腿有些发软。这是一个他连想也不敢想的数字。

"喂,就这么点小事,你就激动成这样可不行。尽管现在这世道书都不好卖,能卖出十几万本的作家还是有很多。我们也必须把目标定为尽可能高的数字。"

"可我还从来没有卖出过这么多嘛。"

"你这是什么话,这只是个开始。好了,你的心情我理解,我们先来干一杯吧。"远藤打开了瓶盖。

松井拿来洗好的杯子,远藤双手捧着酒瓶斟酒,溢出的酒弄湿了松井的手。

"问题是下一回。"喝了一会儿,远藤说,"照目前的情形看,下一期《小说金潮》一定会受到更大关注。估计读者会争相阅读,因为他们都想知道下一次被杀的会是什么样的女人。"

"下一次凶手还会按小说中的描写去杀人吗?"

"这个说不好。"远藤压低声音,"对我们来说,只能祈祷凶手永远不要被抓到，一直按照你在小说中的描写不停犯案。"说完他嘻嘻笑了，令人毛骨悚然。

远藤回去后，松井独坐在榻榻米上发呆。他觉得这一切简直太难以置信了。

自从电视和报纸报道连环杀人案件和他的小说内容如出一辙后，他的世界为之一变。他忽然有了极高的知名度，作品自然也开始受到追捧。这些日子里，他一直被媒体追逐，还上了好几次电视。昨天开始才好不容易清净下来。

竟然会有这样的事！松井拿过报纸，觉得也许真的不需要想太多，就像远藤说的，该想的是如何利用好这个机会。

松井在文字处理机前坐定。他有些微醺，但下一回的连载不写不行了。由于自己写出来的故事会变成真实的案件，他忽然觉得这一回穿什么制服的女人被杀有了重大的意义。远藤希望他尽量选择穿着艳丽的女人，说这样更容易引人关注。远藤说这番话时已醉意朦胧，口齿不清。

正要敲第一个键，电话铃响了。不会又是采访吧？这样想着，他拿起电话。然而，耳边响起的声音非常陌生。

"请问是松井清史先生吗？"说话的是一个男人，看样子与松井素不相识。

松井称是。

"我是那个凶手。"

"凶手？"

"穿制服的女人连续被杀案件的凶手，完全按照你的小说实施犯罪的凶手。"

"怎么会……别开玩笑了。"

"真的都是我杀的。多亏了我，你也出名了。这真是太好了。"

"我没时间听你胡说八道。"

"我不是胡说。是我给警察打电话，告诉他们案件和你的小说有相似之处。"

松井沉默了。那人的话没有在媒体上出现过。

那人低声笑了。"看来你有点相信我了。"

"为、为什么你要……去、去自首吧！"

"我要是去自首，你的好梦也就结束了。人是很健忘的，难道你还想过默默无闻的日子吗？"

被看透了心思，松井说不出话来。耳边再次响起那人恶毒的笑声。

"给你打电话没别的意思，就是想和你做笔交易。"

"交易？"

"很简单，你要按我的要求去写下一回。被杀的是啦啦队员，方法是脖子被勒窒息而死，地点就在她自己家里，被杀时穿着啦啦队的队服。"

"等一下,为什么我要听你的?"

"你听我把话说完。我的下一个目标是啦啦队员。只要你按我说的去写,就会在社会上再次引起轰动,你的小说和名字肯定备受瞩目。怎么样,我这主意不错吧?以前是我按你小说的描写选择谋杀对象,这次你必须按我说的去写小说。"

"别开玩笑了!我怎么可能做这种事!"

"哟,是吗?这么说下一起案件和你的小说没有任何关系,你也不在乎?你有没有想过,这样一来人们会怎么看你?人们一定会说之前发生的一切不过是巧合。现在争先恐后采访你的报社、电视台记者会不会忽然对你失去兴趣呢?"

松井想不出话来反驳。对方说的也许是对的。

"好了,你慢慢想吧。反正现实世界里,下一个被杀的人一定是啦啦队员,这一点你记住了。"说完,那人挂断了电话。

5

　　《小说金潮》的出版日期是每个月的二十日。在刊登有《制服的厄运》第四回的那一期上市之日,一大早好几家书店前难得地排起了长队。这种情况通常只有偶像明星出裸体写真集时才会出现,因此书店店员都很吃惊。

　　买到杂志的人首先翻看的当然是《制服的厄运》这一篇,他们最关心的是这次被杀的是怎样的女人。

　　这一回的故事讲的是一个啦啦队的女孩儿,身穿制服在自己的公寓里被勒死。得知此事后,很多女人情不自禁地松了一口气,因为她们至少这个月不用担心会含冤死去了。当然也有一部分女人感到惶恐不安,她们自然就是啦啦队的成员。

　　"各大学、高中纷纷提出抗议,说加入了啦啦队的女孩子们都怕得要命,纷纷要求退出。我们自然没理会,毕竟凶手模仿小说作案不是我们的责任。这次的反响真是非同小可，大家都在议论小说杂志有几十年没出现过这种盛况了。"远藤的声音在电话中听上去异常兴奋，最后他补充道，"接下来就看是否还会发生同样的案件了。听说警方派出了大量警力保护大学和高中啦啦队的女学生，不知凶手会不会落网。"远藤显然有点偏袒凶手。

远藤的这一愿望变成现实是在杂志上市后的第四天。一个女大学生死在杉并区的一栋公寓内，现场情况与小说中的情形如出一辙。她被勒死在床上，身上穿着啦啦队的队服。

和上个月相同的情形重现了。刑警又来到松井的住处刨根问底，接着记者蜂拥而至，而且人数激增。

松井清史名声大噪，作品销量极好，单行本纷纷突破十万册，稿费也水涨船高，约稿不断。

就在这时，那个人再次打来了电话。

"按我说的去写没错吧？现在你已经成为最受欢迎的作家。恭喜啊！"男人讥讽道，"好了，现在我给你提供下一个目标。"

"别再做这种傻事了好不好？"松井说。

"哟哟哟！尝到甜头就想退出吗？你这如意算盘打得也太好了。"

"你这样做很危险,早晚会被抓住。"

"所以为了不被抓住,我才和你做交易。不好意思,你得成全我,还有很多女人必须接受我的惩罚。这些臭女人,稍微长得好看点,鼻子就翘得高高的,伤了人还不知反省。"

松井听了这番话,顿时明白了凶手的作案动机。他猜这人一定是被那些受害者伤害过,而且伤得不轻。通常如果凶手连续杀害自己交往过的对象,警察可以很轻松地找出被害人的共同点,即她们伤害过同一个男人,由此锁定凶手。而此人利用小说中的故事情节实施犯罪,就轻而易举地让人误以为是变态狂所为,以此来逃脱嫌疑。他一定是看了松井的小说预告后想到的主意。

那人说:"我的下一个目标是公司的前台女秘书。她失踪了,在山上被发现时已经死亡,身上穿的自然是前台秘书的制服,同样也是窒息而死。你觉得在她脖子上缠一条爱马仕丝巾怎么样?"

"现在来自各方面的压力已经很大了,都要求暂时不要刊登我的小说,至少不再写杀人场面。我不知下一回能否按自己的想法去写。"

"哟哟哟!你们整天挂在嘴边的言论自由哪里去了?"

"话是这么说,可是——"

"总之你就按我说的去写,不然我就揭露你与我合谋的事。就这样。"对方不由分说挂了电话。

松井握着电话筒,不知所措。

各方施压要求松井不再写小说一事并非他信口胡编。目前金潮社还没有对他提出自律的意见,但这种情况随时可能发生。不少行业纷纷请求金潮社不要让与他们行业相关的女性出现在小说中,其中意愿最强烈的是航空公司和模特经纪公司。

然而,松井不能违背那人的指示。他很清楚,一旦和那人的交易曝光,别说好不容易得到的名声和地位不保,作家生涯也将终结。

三天后,刑警们又来了。

"下一回的内容定下来了吗?"元木问。

"没有,我正要想。"

"那么请听听我们的希望好不好?"

"如果是不让我发表小说或写杀人场面,我是不会听的。"

刑警感到很为难。"有人因您的小说而被杀,而且和您的小说中的死法相同,难道您心里不觉得难受吗?这一回请无论如何不要再写杀人场面了。就这一次,拜托了。"

"你说的这些属于限制言论,恕我难以从命。"

"无论如何都不行吗?"

"我拒绝。"

"那就没办法了。"元木叹了口气,"那么请告诉我们下次打算杀什么样的女人,这样多少会方便我们事先防范。"

这个问题让松井感到为难。如果说实话,凶手下手时可能会遇到困难,弄不好还可能被捕。"……是空姐。"经过反复权衡,他这样说。

"哦,穿制服女性的老套路。"刑警们心领神会地回去了。

第二个月的二十日,《小说金潮》如期面市。当然,《制服的厄运》第五回中,被杀的不是空姐,而是一名某一流企业的前台女秘书,她的尸体是在山上被发现的。

正如小说中所写,就在《小说金潮》面市后的第五天,在秩父山上发现了一具某公司前台女秘书的尸体。死者的脖子上勒着一条爱马仕丝巾,和小说中的描写一模一样。

6

"社会舆论实在太可怕了,我们的压力非常大。作为出版社,我们不得已做出这样的决定。事出无奈,我非常遗憾,但就到此为止吧。"远藤表情僵硬地说。

该来的终究还是来了。金潮社要求松井近期内不要在小说中再写杀人场面。

"只能屈服于权力了?"松井说。

"说到底这只是自律。好在你有知名度了,单行本卖得也很好,《小说金潮》跟着沾了点光。差不多也该停手了。"

"可要写完《制服的厄运》,还需要制造命案。"

"你是职业作家,这种事情当然要由你想办法处理。现在警方也要求下一回原稿写完后首先给他们过目。太不把他们放在眼里也不行。上个月你不是跟警察说第五回被杀的是空姐吗?当时警察都已经做好了保护所有空姐的准备。

杂志出版后,空姐却变成了前台女秘书,调查工作因此极度被动,他们非常生气。"

"我临时改变了想法,空姐就成了前台女秘书。"

"过去的事情就算了,总之这一回不能再有杀人场面。记住了?"说完,远藤就回去了。

松井感到非常棘手,因为他知道凶手一定不会答应。

果然,当晚凶手又打来电话,要求杀游览车上的女导游。

"她被推落悬崖导致死亡,头部摔碎,脑浆迸裂,鲜血喷涌,反正怎么残忍你就怎么写吧。"听得出来,凶手十分自得其乐。

松井拿着电话筒不知所措:如果无视凶手的要求,凶手必定会把真相昭示天下;如果按凶手的要求去写,出版社又不允许。这可如何是好!情急之下,他想到一个主意,问道:"你准备在哪里实施杀人计划?"

"你问这个干什么?"

"我不希望小说中的杀人现场和现实中的一致。警察看到原稿后会在二十日前去现场蹲守,我可不希望你被抓。"

"哦。好吧,我告诉你,我杀游览车女导游的地点是……"凶手说出一处位于福井县境内的名胜。

当天夜里,松井开始动笔写小说,里面并没有杀人的情节。

7

十九日,《小说金潮》面市前一天,松井来到福井县。他没有告诉任何人要来这里。他独自来到凶手说的那处悬崖边,等待夜晚的降临。

坚硬的岩石远远地伸向日本海,下面几十米处传来海浪拍击堤岸的声音。他往前走了几步。

过了一会儿,黑暗中出现了一个人影。是一个年轻女子,一身游览车女导游的装束。

果然猜中了!松井点了点头。凶手要和警察打时间差,将作案时间提前了。

看到松井,女导游很意外。"是你叫我来这里的吗?"

看样子是凶手把她叫到这里的。

"你不能留在这里。"松井说,"快回家。"

"啊?可是……"

"快回去,如果你不想死的话。"

不知是不是被松井说话的样子吓着了,女导游慌不择路地离开了。

看着她走远,松井松了一口气。第一步总算成功了。

接下来就只等凶手来了。一旦凶手来了……

松井战战兢兢地往悬崖下面看去。他想,一旦凶手现身,必须设法让凶手从这里掉下去。

是的,他要制造一个自杀的假象。

他反复回味小说中关于这一段的描写。实际上那是《制服的厄运》的最后一回,内容是凶手跳崖自杀。

如果今天能顺利让凶手从这里掉下去,警察一定会认为凶手一直按小说中的描写实施犯罪。最后一回中凶手跳崖自杀了,所以现实中的凶手也决定去死。

面对大海,松井露出了微笑。他很高兴自己如此聪慧。

就在这时,他感觉身后有人来了。

"你竟敢背叛我!"

就在这非常耳熟的声音响起的同时,他被推了出去。

"太让人吃惊了!我做梦也没想到凶手竟然就是他自己。但仔细想想,这也好理解。他太急于成名了。"远藤靠在编辑部的桌子上,对年轻同事们说。

"难道他认为只要现实中发生和书中情节相同的案件，他就能出名吗？"一个女编辑问。

"应该是吧。一想到这些，我觉得自己也有不可推卸的责任。也许是我总说要设法引起人们热议，让他感觉到了压力。"

"他竟然连自杀也在小说中预告了。"

"是啊。我拿到最后一回原稿时，完全没有想到这竟然是他的绝笔。"

超长篇小说杀人事件

1

《砂之焦点》尾声

"以上就是我的推理。"和贺轻声结束了推理,然后看向佐分利夫人。

夫人依然低垂着眼帘。二人陷入沉默。

过了一会儿,夫人终于开口了。"您什么都知道了。真不愧是您啊。"

"我……什么意思?"

"我早就知道能找出真相的人非您和贺先生莫属。我的预感一点没错。"

"佐分利夫人,"和贺向前迈了一步,说,"您去自首吧。"

"对不起,我做不到。"她边说边慢慢向后退去,距离悬崖边只有一步之遥了。

"佐分利夫人……英子!"

听到和贺的叫声,佐分利英子平静地笑了。"这是您第一次……叫我的名字。"

和贺往前踏出一步想拉住她,但为时已晚。佐分利英子嘴角带着微笑,腾空跃起。

"英子!"和贺大叫着跑到近前,想探头往下看,身体却僵硬着动弹不得。过了片刻,他终于还是迟疑着朝下看去。

佐分利英子浑身是血,双臂张开,倒在数十米之下的岩石堆上,就像一片红色的花瓣。

(完)

葛原万太郎看着电脑屏幕,连连点头,觉得自己写得非常不错。这是他花了整整三年才写成的小说。他很高兴终于完成了这项工作。

昨天已将稿件用电子邮件发给编辑部,责任编辑小木应该正在看。

他正准备点根烟,电话铃响了。

"你好,我是葛原。"

"哦,葛原老师,我是金潮社的小木。《砂之焦点》的稿子我收到了，谢谢您。"

"哦，已经收到了？你看了吗？"

"我看了。和您以往的风格一样，故事展开得非常巧妙，我真是太佩服您了！本来我打算花两天时间，今天看完。可故事实在太精彩了，一拿起就舍不得放下，结果昨晚熬了一夜，一口气看完了。"

"哦，是吗？那太好了。"

小木嘴巴很甜，能说会道，他的话也许不太可信，但经他这么一夸，相信没有人会觉得不舒服。葛原坐在电脑前，向后一仰。

"特别是最后一个场景，简直太让人感动了。哎呀，真的让人很伤感啊！"

溢美之词从小木口中源源不断传来。葛原虽表现得谦虚，也忍不住随声附和。

"那么我等着校样就可以了，对吧？下一步有什么新计划？"葛原情绪高涨地问。

然而，就在这时，情形有了转变。

"这个，事实上，关于这件事……"小木的声音忽然低了下去。

"怎么？有什么问题吗？"

"哦，不，问题倒没有。对于《砂之焦点》的内容，主编非常满意,只是在页数上提了一点小小的意见……"

"页数?"

"对。按四百字一张的稿纸计算,我数了一下,《砂之焦点》一共是八百页多一点。"

"嗯,差不多吧。"

"就是这件事。呃,我们编辑部讨论了一下,看能不能想个办法。"

"想办法……你的意思是压缩字数吗?这……八百页或许是多了些,但要完整叙述这个故事,无论如何都需要这个数——"

"不不不,"小木打断了葛原的话,"不是这样。我们的意见正相反,不是页数太多。我打电话就是想和您商量商量,看能不能想办法增加页数。"

"增加?为什么?"

"老师,我们非常希望把《砂之焦点》做成今年的热门作品,同时也希望通过它使您的人气得到进一步提升。"

小木的语气充满激情。他想说的话葛原都明白。自从出道以来,葛原这十来年间主要都是和金潮社合作,而金潮社也在各方面给予了他极大的支持,一直认为他迟早会成为畅销书作家。只是到目前为止,这一美好愿望仍未变成现实。读者并不买葛原的账,他的书多数能卖完首印数就已算不错，若能有少量加印就非常好了。葛原对《砂之焦点》可能面临的命运早有心理准备，尽管他已很久没有长篇小说出版了。

但这和作品的页数又有怎样的联系呢？小木对此言之凿凿地说了句"页数非常重要"。

"老师您知道最近出版界的趋势吗？您了解什么样的作品受欢迎吗？是那些像饭盒一样厚的书。按稿纸计算，现在超过一千页的有很多，八百页左右的书完全没有超级巨作的感觉，和那些书放在一起实在太不起眼了。目前推理小说多如牛毛，不管用什么手段，我们都必须想办法吸引人们的注意力。再说了，评论家不可能看所有出版的书，会优先挑选那些看上去似乎下了很大功夫的，于是伸手先拿厚书也就无可厚非了，您说对不对？"

对于小木说的这种情况，葛原其实早有察觉。他注意到对新人奖应征作品的页数要求已大大增加。

"话虽如此，事情总归要讲究合理性。《砂之焦点》到那里就结束了，不可能再续写。"

"您误会了。我不是请您往下写，而是建议您设法增加页数。"

"这我就不明白了，你能说具体点吗？"

"具体做法是，"小木再次压低声音说，"内容像现在这样没问题,不需要修改。只是如果把现在的两行写成三行,三行写成四行,每一句话都增加一点的话,页数就会大大增加。这就叫积少成多。"

也就是说,通篇添加水分。

"可是这样一来,这部小说会变得太拖沓吧?"

"没关系。最近读者已经习惯了看冗长的小说。即使有点啰唆,他们也会坚持看下去。其实说到底,读者与其说是喜欢看大部头,不如说更在乎书的价量比。定价同为两千元的书,他们会认为买厚一些的更划算。"

"哦,是吗?"葛原开始表示认同,"那么,你看需要加多少页?是想放到千页书的大架子上吗?"

"您这是什么话?"小木的音量忽然提高了许多,"最近一千页的书已经不算大长篇了。老师,您的目标应该是两千页。'葛原万太郎 巨献两千页'——这就是我们的广告词。"

2

《砂之焦点》尾声（改后）

"以上就是我的推理。"

长长的推理结束了，和贺低沉的声音还在周围萦绕。他已很久没一口气说这么多话了，最近的一次应该是在学生时代参加辩论大会的时候。他觉得此时比那时累很多，不是身体上的累，而是内心疲惫至极。

他再次盯着佐分利夫人。

身穿捻线绸和服的夫人依然低垂着眼睛。和贺看见她长长的睫毛上闪着泪光。二人陷入凝重的沉默。风声和日本海上传来的波浪声不断撞击着他的心。他想，如果就这样迎来世界末日该多好啊。

时间不知过去了多久，想必并不长，但对和贺来说却如此漫长。过了许久,夫人张开精心涂了一层淡淡口红的双唇。"您竟然看穿了我的杀人计划。不愧是我的克星啊。"

"克星?我吗?请您告诉我这是什么意思。"

"我一直认为能找出真相的人非和贺先生您莫属。第一次见到您,我就有这种预感,当时我就强烈地预感到,这个人一定是我命中注定的人。现在看来我的感觉是对的。"

"佐分利夫人,"和贺向她靠近一步,说,"现在还不晚,人生还可以重来。请您……请您去自首吧。"

"谢谢您,和贺先生,都这种时候了还在为我着想。对不起,我做不到。我不可能去自首。请您原谅。"

说完她慢慢向后退去,离悬崖边仅有咫尺之遥了。下面的日本海波涛汹涌,像等待猎物的猛兽似的正张开大嘴。很明显,她打算成为那只猛兽的食物。

"等等,您千万不要做傻事,您这样做毫无意义。别傻了,佐分利夫人……英子!"

好像要撕碎风声似的,和贺拼命叫喊,声音在风中回响。听到他的叫声,佐分利英子神情平静地露出了笑容——恰似列奥纳多·达·芬奇笔下蒙娜丽莎的微笑一般。

"我很高兴。第一次……这是您第一次直呼我的名字。我一直在等待这一天的到来。现在我已经没有什么可遗憾的了。"

和贺又向前迈出一步,遗憾的是为时已晚。佐分利英子带着蒙娜丽莎般的微笑,像宇航员遨游太空又像蹦极似的,纵身跃向空中。

"英子!"和贺大叫一声,声音撕扯得他的喉咙阵阵发痛。然而风声淹没了他的叫声。佐分利英子的身影已经不在了。他跑上前,站到几秒钟前她站过的位置上。

不知她现在会是什么情形。他想探头望向悬崖下面,却觉得身体僵硬,动弹不得。她会怎样无须再看。从这么高的地方跳下去完全不可能有生还的希望。他很害怕看到她摔下去的样子,因此身体僵硬。然而他很清楚不可能永远躲避这个现实,总有一天必须要去面对。他下定决心,战战兢兢地往下看去。

佐分利英子倒在数十米之下的岩石堆上,双臂张开,从上面看下去呈"大"字状。和贺见过京都的大文字烧,佐分利此刻的姿势很容易让人联想到那个。只是这个"大"字满是鲜血,可以推断她出了很多血。和贺想,看情形她已经当场死亡,没救了。

浑身被血浸润的她就像一片红色的花瓣。

(完)

葛原坐在咖啡店里看完了《砂之焦点》，合上书，喝了一口已有些凉的咖啡。

他的心情不是很好，应该说很郁闷。

他看着浅蓝色的封面。一条黑色的腰封上印着小木说过的"葛原万太郎　巨献两千页大作！"的字样。

这部小说按稿纸计算的确有两千页，确切地说是一千八百八十三页。小木希望葛原想办法再增加一些，但他感觉已经力不从心。毕竟故事篇幅最初只有八百余页，现在增加到了近两千页，这意味着仅掺水的部分就占了上千页。他自己都觉得难以置信。

重新看了一遍已成书的稿件，葛原很是感慨。

首先，他感慨自己竟然做到了。以前他总觉得自己写不了大长篇。这不是能力的问题，而是才能类型的问题。他觉得自己能想到的创意和情节最多只能写成几百页，上千页甚至两千页绝无可能。一直以来他都坚信，那些一部接一部发表超长篇作品的作家，一定是最初想到的故事构架足够大，随便一写就能达到那么多页。

然而此时，葛原似乎有点明白了，也许不是那样。真正需要写那么多页的作品固然是有，但本可短小精悍却故意写得冗长的作品大概也不在少数。就像小木所言，把一行字即可表达的意思写成两行，总页数就会翻倍。如果又厚又沉的书会给人大作的感觉，从而吸引读者，那么出现许多有意识地增加页数的作家也就无可厚非了。

重新看了一遍自己的作品后，葛原觉得，掺了水分的东西毕竟不行。以最后一个情节为例，主人公和贺逼得凶手佐分利英子无路可走的场面，写在稿纸上，竟然比原来多了两页半。内容几乎没有改变，页数却足足增加了一倍多，所以光看这个部分，给人的感觉就是啰唆，而且增加了没有任何意义的啰唆描写和台词，节奏显得非常拖沓，真是差到了极点。单是为了表现"微笑"，竟然还提到了列奥纳多·达·芬奇，真是莫名其妙。他真想破口大骂自己一顿。

如果因为掺水分而提高了销量也就罢了，现实情况却……

刚想到这里，小木来了。

"哎呀，对不起，我迟到了。哟，是《砂之焦点》啊。看着自己的力作，沉浸在感慨中了吧？"

"别开玩笑了，我正后悔不该那么做。"

"啊，为什么？"小木很意外，瞪圆了镜片后面的眼睛。

"怎么看都觉得啰唆。页数是增加了,可内容显得太单薄。"

"您说什么呀!读者根本不在乎内容是否紧凑,重要的始终是页数。只要每一页都有文字就可以了。"

"可这书也没见卖得好呀!页数可是增加了上千页呢。"

"您这是误会了。"小木加强了语气,"我的看法是如果不增加页数,会卖得更不好。"

"是吗?"

"行了。"小木站了起来,"如果您不信,我带您去看看证据。请跟我来吧。"

小木把葛原带到市内首屈一指的大型书店内。据说只要能进入这里畅销排行榜的书,销量都可以突破十万部。

"您看这边。"小木指着一个书架,那里整整齐齐地陈列着最近出版的精装书。葛原的书不在最醒目的位置,却也勉强挤进了这个架子。

"那又怎样?"

"您仔细看,看腰封。"

葛原将视线投向每一本书的腰封,随即下意识地轻轻"啊"了一声。

"怎么样?出版界现在是什么情形,这下您明白了吧?"小木得意地鼓起鼻孔。

葛原不得不点头认同。那些腰封上的文字是这样的：

  直逼人类黑暗面的超级大作　片村光　怒涛两千三百页
  骇人的惊悚小说诞生　道场秀一　全新力作　一千五百页！
  探险小说巅峰杰作　两千五百页　出船俊郎
  真正的本格！　真正的推理！　惊天动地大阴谋！高屋敷秀麿　两千八百页

类似的广告词还有很多，几乎所有书都争相炫耀其页数之多。的确，所有陈列在这个架子上的书都在千页以上，其中不乏超过两千页的。

"这叫什么事啊。"葛原嘟囔道，"难道五六百页的作品就没人写了吗？"

"也不是完全没有，您看那边。"小木向里面的书架走去，"那些应该都是五六百页的书。"

葛原顺着小木的手指看过去，陈列在那里的书的确比刚才看到的大长篇小说要薄许多。其实这在过去应该都很正常。"放在不太显眼的位置上了。"

"那当然。对书店而言，将滞销的书放在醒目的位置上也没有意义。那儿有一块标识牌,上面的内容原来是按作家来分类,现在已被数字取代,比如'500以下''500～750''750～1000'。"

"难道这是……"

"是的,这是按页数进行的分类。如果不足一千页,即使是最新出版的书,也不会摆在店门口。"

"竟然会……"

"现在您明白了吧?您的《砂之焦点》如果按最初的页数出版,销售肯定还不如现在呢。"

3

葛原和小木回到那家咖啡店。他们约好今天商量下一部作品的计划。

"真不好办哪。我也知道现在流行大长篇,但没想到会这么夸张。"

"都是因为现在书不好卖,大家才设法让自己的东西比别人的更醒目。而且目前还有一种倾向,就是给人超长作品印象的书似乎更容易进入文学奖候选名单。"

"哦,是吗?"葛原事不关己般拿出烟,"我原以为只要写出好的东西,迟早能出名。"

"葛原先生,您这样想就太天真了。"小木断然说道,"一部作品好与不好,不看是不知道的。可要让读者去看,就必须是大长篇,而且一定要厚要重,否则就不行。"

"哦。按照刚才在书店看到的情形,好像是这样。"葛原深深地吸了一口烟。

"您可不能这样优哉游哉,葛原先生,咱们来商量下一步的计划吧。刚写完一部就想放松自己,这万万要不得。我们必须马上开始下一步写作计划,否则就赶不上明年出版了。"

"你真是个急性子。今年不是刚开始吗?"葛原苦笑道。

"您说什么呀。"小木敲了敲桌子,"考虑到接下来的计划,我觉得现在就动笔都有点晚了。"

"下一步计划不是还没定吗?"

"内容是没定,但页数已经定了。"

"啊?"

"您也看到书店里摆的那些书了,现在超过两千页的书已经不能引起大家注意了,所以下一部作品我要请您再多写一千页。就这样我还觉得太少呢。我们还要继续挑战页数,下一部作品暂定三千页,这是最低限度。"

葛原闻言差点从椅子上滑下去。"三千页!我无论如何都做不到!"

"没有什么事是做不到的。您知道年轻的二月堂隼人先生吧?据说他已经着手在写页数超过五千页的作品了,一旦完成将是世界上最长的一部推理作品。还有女作家夏野桐子女士,听说也已着手在写分为四部、总计达八千页的作品。世界上那样的人很多，区区三千页就吓得往后缩怎么行？"

听到五千页、八千页，葛原惊住了。不久前，页数达到这些数字的十分之一就已算长篇小说了。对那些作家，葛原只剩下佩服二字。"可是，要构思一个能写满三千页稿纸的故事可不容易。"

"处理这种事情不就是职业作家的工作吗？"

如果是这样，我或许还算不上职业作家。葛原忍不住想。"既然这样，下一部作品的内容我要重新考虑一下。本来我对题目已经有了大致的想法，今天来就是想听听你的意见。"

"哦，是吗？那您说说看。"

"算了吧，已经没有意义了。这个题目无论如何也不可能写到三千页，最多也就是五百页吧。"

"那可不一定，您先说说吧。"小木拿出记事本，摆出准备做笔记的姿态。

葛原犹豫了一下，决定还是说出来。也许这个题材的作品不会给金潮社，但他相信小木不会告诉别人。"那我就说一说吧。这次我打算写棒球队的故事。"

"哦，棒球队。Baseball吗？很好呀。"

"不是职业队，是高中队，提纲是因为天才投手及其好友接手的努力，一支名不见经传的弱小球队一路打到了甲子园,却遭遇强劲对手而惜败。回来后不久,接手惨遭杀害。刑警在调查过程中发现了天才投手的一个秘密,然而该投手也不幸遇害——大概就是这些。"

"有点意思。这个可以,就写这个吧。"虽不清楚葛原对整个故事已构思了多少,小木仍兴致勃勃地连声说好。

"你这么说,我当然高兴,但就这点内容再怎么绞尽脑汁也成不了长篇大作。故事中涉及的人物很少,范围也很窄,最多也就能写五百页吧。"

小木重重地摇了摇头。"您不能还没开始写就给自己设定框框。如果您总想着只能写五百页,那么在写作过程中就会不自觉地控制在五百页之内。三千页,您就以三千页为目标吧。《砂之焦点》后来不是也增加了一千页吗?"

"你的意思是还让我添加不必要的水分?你饶了我吧。《砂之焦点》从八百页增加到近两千页,结果内容被稀释了两倍多。现在你又要我把原本只能写五百页的内容写成三千页,这可是六倍啊!这样的小说,读者能喜欢吗?这样写出来的故事太拖沓,情节的展开也太缓慢。"

"您完全不必担心这一点。您开口水分、闭口水分的,不是还有另一种说法吗?叫描写细腻呀。"

"细腻……是吗?"葛原心想用啰唆这个词或许更贴切。

"我还注意到最近的大长篇小说有一个共同的特点,就是解释、说明的文字很多,甚至可以当成信息小说来看。也就是说,要把各行各业的背景情况写得尽可能详细,这样光是这些内容就可以占据相当多的页数。"

葛原对世事漠不关心,对这一点却也有所察觉。"或许吧。但这个题材要加入此类元素非常困难,因为不涉及特殊行业。"

"所谓行业背景只是举个例子。即使是描写高中生的棒球世界,应该也能找到很多背景元素,使其成为信息小说。"

"有吗?"葛原努力思索。

"不管怎样,"小木说,"您先写一部分给我看,然后咱们再商量,好不好?"

"行吧。"

三千页是无论如何也不可能的,葛原这样想着,点了点头。

4

《曲球》

牟田高志站在甲子园的中央。

这天的甲子园天气晴好,天空好像抹上了一层蓝色油漆。盛夏的阳光照在赤褐色的泥土上,也照在绿油油的草坪上。

对于站在土墩上的高志来说,这种太阳光是看不见的敌人。皮肤像被烤焦了,从地面折射而来的光线让他苦不堪言,全身汗水淋漓。本来对自己的体力信心十足的他,此时也感到非常疲乏,头脑昏昏沉沉,能站着已是不易。

看台上的观众则是他看得见的敌人,其中绝大多数人都支持当地的南阳高中队。他们一定希望他这个来自外地、名不见经传的学校棒球队主力投手早一点被打下去。

最大的敌人还是在打击区内。

第九局的后半场,二出局满垒,球数两好三坏。

高志果断地投出了决定命运的一球。

"咦?"看到这里,小木抬起了头,"这就投出去了?"

"啊?什么意思?"葛原问。此刻,他正坐在金潮社的编辑部。新作《曲球》写了近一百页,他决定拿来让小木看一看。

"这个球是这部小说最关键的地方,对不对?可稿纸才写了一页而已,这么快就投出去可不行。这部分必须想办法多写一些,尽可能拖延投出去的时间。"

"话是这么说,可是……"葛原挠挠头,"这已经是我的极限了。你让我往后拖,但我没东西可写呀。"

"葛原先生,您这样可不行。"小木表情严肃地说,"您绝对不能受从前的模式和节奏的束缚。上一次我就告诉过您,现在的小说更接近于信息小说,要加入大量信息。说得不客气点,就我现在看到的,您根本就没把我的意见当回事。"

"不,不!我没有不当回事。只是到目前为止,没有需要添加信息的地方。我完全想不出可以加什么信息。"

小木顿时抬手用手指按住双眼,轻轻摇了摇头。"我知道了。信息资料就由我替您找吧,但到时候您一定要把我提供的东西加到小说中去。我相信在主人公投出决定命运的这一球之前,至少可以写满一百页稿纸。"

"啊?"葛原大吃一惊,"把只需一页的情节写成一百页?"

"瞧您,不要听到一百页就吓成这样。还有两千九百页要写呢。"小木提醒道。

第二天,葛原就收到了小木寄来的包裹。打开一看,里面都是资料,应该就是他说的必须加进小说的所谓信息。

葛原粗粗一翻,吃惊不小,马上往编辑部打去电话。"喂,这样的内容未免太离谱了吧?"

"一点都不离谱,其他作家的做法大体相同。总之有了足够的页数我们才能取胜。"

"是吗?"

"是的。葛原先生,请您一定要相信我。您就写吧!不停地写!拼命地写吧!"小木兴奋地说。如果不是通电话而是面对面说话,估计唾沫星子都要飞过来了。

葛原坐到电脑前,再次翻开资料,一边想着"这种东西真的可以用吗",一边开始敲击键盘。

《曲球》(改后)

　　从大阪的阪神梅田车站搭乘特快列车，行驶大约十二分钟后有一个叫甲子园的车站。在这里下车，步行两三分钟就可以到达甲子园棒球场。

　　所谓棒球场，正如字面所言，就是打棒球的场所。

　　棒球是一项首先在美国发展起来的运动，英文名叫 Baseball，传到日本后，于一八九四年翻译成棒球。球队由九个人组成，分别为投手、接手、一垒手、二垒手、三垒手、游击手、左外场手、中外场手和右外场手。比赛规则为参赛的两支队交替到达攻防位置争夺得分，进攻方击打对方投手投出的球后，依次跑向一垒、二垒、三垒，最后回到本垒就算得分。各队可以分别进攻九次，得分多的一方获胜。

　　这项运动在日本深受欢迎。职业球队在全国有十二支之多，各队分别拥有主场。阪神老虎队的主场就是甲子园球场。

　　但是，甲子园球场并非是为阪神老虎队而建。当初之所以在这里建棒球场，是因为朝日新闻社主办的全国中学棒球大赛要在这里举行。第一届中学棒球大赛于大正①四年（一九一五年）八月举办，当时的比赛场地是丰中球场和鸣尾球场。随着棒球运动越来越普及，要求有更大的球场。甲子园球场就是在这种背景下建成的。这个球场最初叫甲子园大运动场，建成于大正十三年（一九二四年）。阪神老虎队的前身为大阪棒球俱乐部，俗称大阪老虎俱乐部，诞生于昭和②十年（一九三五年）。

甲子园球场历经多次改建，现在总面积达三万九千六百平方米，其中场地面积为一万四千七百平方米，观众席占二万四千九百平方米。全垒打距离在左右外场各为九十六米，中外场为一百二十米。整个球场可容纳五万五千人。看台的高度是十五米，内场区设四十八级台阶，三垒内场区为五十四级，外场区为四十九级。

昭和三十一年（一九五六年）又增加了夜场设施。照明灯共有六座，其中内场用的高度为二十五米，外场用的达三十五米。照明设施的具体情况为一千五百瓦的白炽灯五十二盏，一千瓦的水银灯四百七十二盏，四百瓦的钠蒸气灯一百八十盏。这些照明设施可保

---

①日本天皇嘉仁在位期间使用的年号，时间为1912年至1926年。
②日本天皇裕仁在位期间使用的年号，时间为1926年至1989年。

证投手和接手之间的亮度约为二千五百勒克司，内场二千二百勒克司，外场一千四百勒克司。

按照最初的规划，随着甲子园球场建成，全国中学棒球大赛开始在此地举行。大正十三年四月，由每日新闻社主办的第一届全国中学棒球选拔赛在名古屋八事球场举行，后来这一赛事也转到甲子园举行。两项大赛成了棒球迷们一年一度的盛事。在战争年代这些赛事一度中断。到了昭和二十二年（一九四七年），全国中学棒球选拔赛得以恢复，同年夏天，全国中学棒球大赛也恢复了。次年，由于学制改革，全国中学棒球大赛更名为全国高中棒球锦标赛，全国中学棒球选拔赛更名为全国高中棒球选拔赛。

牟田高志此刻就站在甲子园的中央。

这天，正在甲子园球场进行的是全国高中棒球锦标赛。这是大赛的第四天，来自都道府县各地的代表队连日来一直鏖战不休。这次大赛的代表队共有四十九支。全国四十五个府县加上一都一道总计四十七个行政区域，因为东京都和北海道各出了两支队，所以总数为四十九。比赛采用淘汰制，有三十四支队参加第一轮比赛，胜出的十七支队，和未参加第一轮比赛的十五支队加起来共三十二支。第二轮比赛就在这三十二支队之间进行,比赛对阵由抽签决定。

大赛的第四天还在进行第一轮比赛。这天的甲子园天气晴好,天空像抹上了一层蓝色油漆。盛夏的阳光正照在赤褐色的泥土上,也照在绿油油的草坪上。顺便提一句,甲子园铺草坪是在昭和三年(一九二八年)。

对于站在土墩上的高志来说,太阳光是看不见的敌人。

葛原以这种节奏继续着他的写作。关于甲子园和高中棒球的说明用了近五页稿纸。但这还不算完,他还借助小木提供的资料,描写了甲子园的土墩是如何炙热、被酷暑打败的名选手有多少,以及投手处于危急境地时的心理如何等,当然,有关投球技术的渊博知识也不能放过。总之能写的他都写上了。

这样,正如小木所要求的,在写到投手牟田高志投出决定命运的一球之前,刚好写满一百页稿纸。

5

"恭喜您,干得太漂亮了!我数过了,稿件一共是三千零五十三页,我们的目标达成了!"小木的声音在电话中听上去异常兴奋。

葛原每写完几百页就给小木发去,分了好几次终于在昨晚把小说《曲球》的最后一部分用电子邮件发送完毕。

三千零五十三页——这是一个令人眩晕的数字。然而他的确写了这么多。只是他丝毫没有完成一部大作后的成就感,却像完成了一部五百页的小说,不同的只是身体感觉异常疲惫。

"写成这样真的没问题吗?"他有点惴惴不安。

"您说什么呢?难道您不觉得这是一部再优秀不过的作品吗?这是世界上最长的棒球推理小说!我正考虑把这句话作为广告词,来吸引人们的注意呢。放心吧,这部作品一定会成为热门话题。"

葛原心想,要醒目倒是不成问题。

"但我们也听到了一个坏消息。"小木的声音忽然低沉下去。

"什么?"

"您知道油壶俊彦先生吗?"

"油壶?哦,我知道。是那个凭借运动推理小说脱颖而出的年轻作家吧?"

"对。那位先生也在写同类题材,据说也快完成了。"

"哦。"葛原并不太震惊。题材相同的作品在同一时期出版的情况比比皆是,这种经历他已有过多次。"那又怎么啦?也没什么呀。"

"不。根据我们得到的消息,他的作品也在三千页左右,而且他的责编也已准备用'世界上最长的棒球推理小说'作为广告词。"

"啊!那不是很糟糕吗?"

"太糟糕了!弄得不好,您的书和油壶先生的会同时出现在书店的架子上,腰封上又都写着'世界上最长的棒球推理小说'。真出现这种情况的话,读者不知究竟哪本是真正的世界之最,该无法取舍了。"

"是啊。喂,你不会让我接着写吧?"

"本来我是这样希望的,但现实情况不允许。如果我们不抓紧,就会被他们抢先出版。这样就算我们页数再多,也会缺乏冲击力,只能按现在的模样出版了。"

得知不用再写,葛原松了一口气。

"只是,"小木说,"有一点希望得到您的理解。我想增加行数,这样页数自然会多出许多。"

"哦,这个,稍微增加一些当然没问题,不过……你打算增加多少?"

"我想原则上逢句号就换行。根据情况,逗号也可能会换行。"

葛原一听差点背过气去。"这样做的话,每一页的下半部分会显得太空。"

"没关系。这样读起来会更轻松,读者应该不会有意见。"

是吗?葛原拿着话筒陷入沉思。

"但这样做还不够安全,油壶先生那边可能也会这样做。所以最后在装订上我们也要下一些功夫。"

"你打算怎么做?"

"是这样,我们只能打出超长篇的招牌,我想这在视觉效果上是最有效的。"

"视觉效果?"

"就是书的厚度,我们会尽一切可能把这本书做厚做大。

总之绝不能输给油壶先生。"

"具体要怎么做呢?原稿的页数是不会变的。"

"首先是排版。三千页左右的大长篇通常每页都是排成上下两栏,这次我们准备彻底颠覆这个常识,排成一栏。同时加大字号,字距和行距也要尽可能加大,这样页数就会大幅增加。此外,每十页再加一页插图。我们已经找画家在画了。"

小木侃侃而谈。葛原只觉云山雾罩,完全想象不出这本书最后会变成什么样。

"会不会太难为读者了?这样做的话,读者要想把上、下卷一起随身携带可就不方便了。"

听了葛原的话,小木沉默了,让人猜不透是怎么回事。片刻之后,他开口了:"这也正是我要和您商量的事情。我也在考虑上下卷的问题。"

"难道不是上下卷,而是打算分上中下三卷吗?"

"不,不是。的确不分上下卷,我的意思是出成一本书。"

"一本书?原稿为三千页的小说做成一本书?"葛原忍不住提高了嗓门,"那会变成什么样啊?"

"根据目前的计划,我大致计算了一下。到最后,书的页数是两千多页,厚度约十五厘米。再加上封面和封底,这本书将无比巨大。嘻嘻,大家都会大吃一惊的。"

"十五厘米！"葛原张开手看了看，"这么厚的书，一只手怎么拿得住？"

"没关系。现在这个社会，不这样做不行啊，必须把事情做到极致。既然要做，我们就要做彻底。主编已将这本书交给我全权处理了。葛原先生，您也放心地交给我吧，我一定会把它做成畅销书。"

对方都说到这个份儿上了，葛原再无言以对，只说了句"那就麻烦你了"，便挂断电话。

6

　以前,每当一部长篇小说脱稿,葛原都会自我调整一段时间,什么工作都不做。现在他却没有了这种闲情逸致,因为有一家出版社邀请他去做新人奖的评委。原先的评委中有一人忽然提出不做,所以需要补缺。他一直非常希望有一天能当上评委,但由于成绩不够好,从未得到过这样的机会。这次应邀虽说是补缺,却让他高兴得有些忘乎所以。

　但看到寄来的候选作品时,他大吃一惊。虽然需要他评审的只有五部作品,然而这些作品一部比一部厚,少于两千页稿纸的一部也没有。

　"哇,这种情况,有人不愿再做评委也没什么可奇怪的了。"

　面对高高的一摞稿子,葛原不知所措,心想这个世界一定是疯了。

尽管如此,他不得不硬着头皮看了起来。正如他所料,里面净是些无用的描写。生拉硬拽的信息泛滥成灾,与故事情节毫不相干。还有很多人物完全没有必要出场,一看便知作者只是为了把故事弄得复杂些。他忽然想到自己最近读过一部非常类似的作品,无疑,那就是《曲球》。

头痛阵阵袭来,葛原正想休息一会儿,电话铃响了。接起来一听,是小木。

"我们得到了有关油壶先生的作品的信息。我猜得没错,他们正在谋划非常极端的做法。"小木恨恨地说。

"他们在做什么?"

"和我们一样,做成一整本书,排版也是一栏式,但插图的数量比我们多出许多,他们每五页加一页插图。真是太过分了!简直成图画书了嘛。"

我们不也是这样吗?葛原控制住自己,没说出这句话。

"但您放心,我们有秘密武器对付他们。我们把纸张换了。"

"纸?换了……什么意思?"

"当然是换成厚纸了,这样整本书应该可以厚出两三厘米。忠实书店的那些家伙一定会大吃一惊。嘿嘿。"

忠实书店就是准备出版油壶俊彦作品的出版社。

"他们也可以增加纸张厚度呀。"

"您放心,现在他们就是想换也来不及了。这次我们赢定了。"小木大笑着挂断了电话。

然而三天后,小木又打来电话。

"那帮家伙实在太卑鄙了!他们好像发现在纸张厚度上落后了,于是把封面用纸加厚了。听说封面和封底加起来厚度近一厘米。"

这意味着一张封面厚达五毫米。

"不过请您放心,我们绝不会认输。我们也把封面加厚了,请纸厂特别定做了封面纸,这样应该可以再多出几毫米。"

这样的电话隔几天就会有一个,葛原完全想象不出自己的书最后会成什么样。

《曲球》摆进书店的日子到了。

葛原正在工作室看新人奖的候选作品,好不容易看到第三部了,这意味着他已经看了超过五千页原稿。在此期间,他完全顾不上其他工作。

休息的时候,他给小木打了个电话。大约从两周前,他忽然失去了来自小木的任何消息。

"您好,这里是金潮社。"

"喂,是小木吗?是我,葛原。"

"啊,您好您好。好久没联系了。"小木的语气客气得像在对陌生人说话。

"《曲球》应该今天发行吧?我还没收到样书,是怎么回事?"

"哦,对不起。我尽快给您寄过去。"

"书店的情况怎么样?你去看了吗?每次新书一出版你不是都马上去侦察吗?"

"这个……还没去。我正打算去呢。"

"我和你一起去吧,我也想看看这本书到底做成什么样了。"

"啊?可您不是有工作……"

"我偶尔也想放松放松。一直看超长篇小说,我的头都大了。五点钟还在那家咖啡店见面怎么样?"

"哦,好,知道了。"小木直到最后仍犹犹豫豫。

葛原如约来到那家常去的咖啡店,小木已在那里等候。他的表情看上去非常奇怪。

"怎么啦?什么事让你烦恼?"

"葛原先生,去书店之前我有话要对您说。"

"哦,是什么?"

"出版界最近有一点小改革,修改了原稿数量的计算规则。"

"原稿数量?"

"您知道，以前标的页数是按四百字一张的原稿稿纸计算，但现在几乎所有作家都用文字处理机或电脑来写小说，这样就引起了诸多不便。而且很多年轻人已经不知道四百字一张的稿纸是什么东西，因为从没看到过。即使在书的腰封上写上诸如'伟岸之作一千五百页'，他们也体会不到厚重的感觉。"

葛原抱起了胳膊，心想小木说的也许是对的，就连他本人也已很久没见到那种稿纸了。换算成日常生活中已不太常见的东西的确没有任何意义。

"哦，这么说这本书的腰封上没有夸耀稿纸的页数？像怒涛三千页呀、惊愕三千页之类的都没有，对吗？"

"的确是这样。"小木低下头说，"但我们用了新的内容来代替页数，所以大作的意思还是充分表达出来了。"

"新内容？"

"就是……"小木正要说，却忽然低下头去，吞吞吐吐起来，"我想您还是看看实物更好。"

看到他的态度，葛原无法再轻松自在地坐在这里喝咖啡，便什么也没点，起身向书店走去。

到了书店，只见摆放新书的书架周围站了很多人，不时传来惊呼。葛原不明所以，惶恐不安地走了过去。

书架上的确有他的书。不，应该说有一个像书的东西。

如果事先不知道它是书,绝对不会这么认为。书脊看上去让人还以为是封面,厚度几乎超过了书的宽度。

旁边是油壶俊彦的书。那与其说是书,更像是一个巨大的色子。

再一看自己的书的腰封,葛原顿时哑然。

葛原万太郎 世界最厚重之棒球推理小说诞生!!夺命8.7公斤!

小木不知何时已来到葛原身边,在他耳边低语:"我想这个纪录短时间内是不会被打破的,因为我们在封面中加了铁皮。"

魔风馆杀人事件

(超最终回最后五页稿纸)

在所有人的注视下,侦探高屋敷站起身,缓缓说道:"好,揭开谜底的时候到了,现在就让我来告诉大家发生在魔风馆的恐怖杀人事件的真相。魔风馆老板岩风为什么会在钟楼上被杀?那带血的文字有何含义?凶手又是如何从绝无可能逃离的钟楼密室中逃出去的?只要找出唯一的真相,这一系列谜团就很容易解开。那么,真相就是……"他环视了一圈在座众人。

咦,糟了糟了!还没想到好主意就已经写到这里了!哎呀,我该怎么办?这可是最终回,可写的页数只剩下五页了!不对,只有四页了!哎呀!用区区四页稿纸来解释真相太仓促了,最关键的是我还没有想到揭示真相的方案!我写作的时候是没有计划的,只是随心所欲地写,没想到已经到了这一步。时间不多了,必须写的情节不能省……

　　佳枝睁大眼睛,盯着眼前这位年轻侦探。她眼中满是心爱的人被夺走后的悲伤,满是想了解残酷真相的渴望。

哎呀,这都写了些什么呀,怎么还写这样的话!现在可不能把有限的页数用在胡乱的描写中了。太可惜了,还是留一些吧。唉,但我该怎么写才好呀?都是向我约稿的大森不好,就是因为他提出写密室杀人的要求,我才写的。可是关键的情节我一直都没想过,还有带血的文字也是。只是为了营造紧张氛围,我才故弄玄虚地写下了这一临死前的留言,其实没有特别的意义。该死!真不该按大森的意思去写。我做梦也没想到会这么折磨人。心怦怦乱跳,脑袋痛得快要裂开了。因为放不下这件事,我已经三天没好好吃饭了。

　　"真相就是,钟楼的数字盘上有一个洞,凶手正是巧妙地利用了这个洞才得以脱身。"高屋敷的话引起了一阵骚动。

这样写肯定不行，我一定会成为人们的笑料。从头到尾一直在强调密室、密室，怎么可以有一个洞呢？这样肯定不行。作为推理小说作家，这样写等于自绝后路。我还只是个刚出道的新手，这样写估计以后再也不会有出版社来约稿了。啊，真要是那样，我就惨了，就完了！我必须想个办法。这样写也不行，那样写也不行，呜哇！汗出来了，胸口好闷。啊！啊！啊！啊！啊！

泪水顺着佳枝的脸颊往下流。她问侦探："到底是谁干的？他为什么要做这么过分的事？求求您告诉我，高屋敷先生。"

想问这个问题的人是我。究竟应该把谁定为凶手呢？只要是最没有可能的人就行了——大森这么说过。他这么说也太不负责任了！现在的情形是把谁写成凶手似乎都不意外。怎么办？怎么办？呜呜呜……呜呜呜……必须在两页之内解决这个问题，这不是要我的命吗？我说过我写连载不行，没有信心。都怪大森总说没关系、没关系，还说谁都有第一次什么的……啊，完了！这下彻底完了！我的作家之路已经到头了。谁来帮帮我……

高屋敷深吸一口气,然后再次环视聚在这个豪华起居室内的人。大家都在等待他继续往下说。

"那么我来告诉大家吧。受恶魔般的念头驱使、犯下可怕罪行的人,也就是杀害馆主岩风的凶手,是——

【由于作家猝然去世,非常遗憾地告知各位读者朋友,本连载到此结束。编辑部】

超读书机器杀人事件

1

　　每年都有无数新作家出道，从一个侧面反映了推理小说的受欢迎程度。这件事本身无可厚非，问题是没一个人配得上"深受期待的超级新人"这一称号。例如前年凭《红脸鬼》一举摘得日本惊悚小说大奖的猿田小文吾，其作品虽因包含丰富的民俗学知识而备受赞赏，但故事冗长拖沓，人物描写不够丰满，着实令人对他的写作生涯感到担忧。

　　本月由金潮社出版的《青腿河童》是猿田的新作，不知他的写作能力究竟提高了多少。我怀着喜忧参半的心情翻开了扉页。

　　说实话我非常失望。不，这个说法未免过于客气了。在这里我可以负责任地告诉各位，这是一部没有任何价值的作品，读这本书是读者的损失。

他的上一部作品描绘了在一个地处深山的村子发生的连环杀人案,每一件案子都和红脸鬼舞这一传统艺术形式有着纠缠不清的联系。看过上一部作品,你会发现他的新作毫无新意。故事背景同为远离高度文明的小村落,传说流经此地的河津川里生活着河童,污染河水的人将遭到河童的报复。

看到这里我已经失去了耐心。上一部作品中也有一个传说,称女人怀孕后一旦堕胎,就会遭到红脸鬼的袭击。这部新作不过是把红脸鬼变成了河童而已。真不知他究竟准备重复使用多少次相同的手法才肯罢休!

我猜随后的故事展开应该大同小异,结果不出所料。

故事说的是有一家公司准备在这个村子里建休闲度假村,公司经营者恩田公一是该村望族恩田家的长子,二十五年前离开村子,现在是从事土地开发的实业家。

为收买反对者,恩田发动了金钱攻势。就在赞成派即将过半时,恩田的尸体出现在村外的祠堂。他全身湿透,似是溺水而死,奇怪的是双腿发青。村民议论纷纷,认为是河童所为,都心生胆怯。

身为医生的反对派领袖江尻祐子成了嫌疑最大的人,但她随后也死在病房里,而且死法和恩田如出一辙。为解开这不可思议的谜团,祐子的未婚夫、医学博士田之仓伸介来到这个村子……

我不能不为之叹息。在《红脸鬼》中,被害的是来到村里的妇产科医生,本部作品不过是把妇产科医生换成了娱乐产业的经营者而已,而且死者双腿发青的理由和《红脸鬼》中死者脸色发红的理由也相差无几,小说的主题也和上一部作品一样,都是自然与科学并存。请问该作品的独创性究竟何在?如果一定要说两部作品有什么不同,唯一的地方就是本作品中有一段莫名其妙的关于传染病的情节。随着故事的展开,传染病的话题难以为继,给人生硬的印象。说什么这一唐突的插曲在故事的最后会有重大意义,简直就是弥天大谎。

故事的展开拖泥带水,也和上一部作品如出一辙。不知是否因作者擅长此道,只要一触及民俗学,文字就立刻变得生动起来,遗憾的是和故事主题没有任何联系。我真希望他能体谅一下读者在看这种东西时的心情。书中对人物的描写无趣至极,令人弄不清接连不断登场的究竟是什么人。文笔也差到了极点,莫名其妙的表现方式多如牛毛，想吃透其含义实在是一件苦差事。可想而知，当真凶被指认出时，没有人会觉得意外，因为除了主人公，着笔最多的就是这个人，理应如此。

在此我重申，该作品毫无价值，堪称败笔，不看为好。

重新看了一遍刚写好的评论，门马心想语气似乎过激了。《青腿河童》写得实在太差，让他觉得为它写书评简直就是浪费时间，所以带着一股怨气一口气写下了上面这段文字。

就这样吧。门马觉得自己不过是把真实感受坦率地写了出来，又不是自愿评论《青腿河童》，还不是因为编辑部要他给这本书写书评。如果他们没有委托，门马大概连翻都不一定翻。在看过《红脸鬼》之后，门马就对猿田小文吾失去了兴趣。

不管这个了。门马随手拿过一本堆在脚边的书，是牛饲源八的《人手收藏家》。他要给这本书写评论，但还一页都没看呢。

门马是推理小说评论家，本来他的兴趣只是看书，因为经不住推理迷朋友的劝说，给同人杂志写了几次书评，不料慢慢地，写书评就变成了他的职业。只要看自己喜欢的小说，然后适当表达一下感想就行了，这是多么幸福的职业啊！有时候会有人这样揶揄他，但真正做起来，他觉得也许世上没有比这更痛苦的工作了。

需要看的书太多。热门作品、新人奖获奖作品就不说了，老作家和受关注的作家的书也必须看。门马每个月都会收到各家出版社送来的新书，不管怎么努力，还没看的书都快堆成一座巨型金字塔了。但正因推理小说呈现出这般盛况，才有了自己从事的这个职业，一想到这点，也就不好再发牢骚了。

看着牛饲源八的《人手收藏家》，他叹了口气。厚度至少有五厘米吧，而且采用的还是两栏式排版。一想到非看不可，"怒涛两千两百页"这种广告词就越发显得可恨。

呃，截稿日期是什么时候来着……

门马打开记事本，上面记录了日程安排。他只记得今天是《青腿河童》的截稿日。

"啊！"

看着日程表，他惊叫起来。写有《青腿河童》截稿日的旁边还有这样一句话："金潮社小木所托，尽量多美言。"

是啊，门马想起来了。《青腿河童》的责编是小木，所以他才托自己写正面的评论。小木在《小说金潮》任职的时候，门马受过他很多关照。

"糟糕！"门马不由得叫出了声。对他来说，重写评论简直难如登天，关键是他不知该如何赞美这本书。"怎么办……"他喃喃自语，躺到沙发上。

2

门马就这样睡着了,直到从玄关传来的门铃声把他吵醒。他揉着眼睛打开了门,一个陌生男人笑眯眯地站在门外。此人头发三七分,身穿深蓝色西服。

"请问是评论家门马先生吗?"

"是我。你是哪位?"

"这是我的名片。"

男人递来的名片上写着"读书机销售股份有限公司营业所长黄泉与实太"。门马不知道有这样一家公司。

"你有什么事?"

"是这样的,最近我们研发了一种高性能读书机。在推向市场之前,打算先做一下使用情况跟踪调查,我们想请以读书为职业的您试用我们的机器。"黄泉搓着手,满脸堆笑。

"什么机?"

"高性能读书机。"说着黄泉一脚迈进门,从公文包中取出一份小册子,"您要是用上它,一定会满意的。"

"如果是推销就请回吧。"

"别别别,您不要这样,至少先听我介绍一下嘛。因为久仰您大名,我才找上门来的。啊,不,对于您的评论和论文,我感佩至深。您做得太出色了,可以说您就是日本最优秀的评论家。"黄泉边说边频频低头表示敬佩。

对于这一番肉麻的奉承,门马很不以为然,心里却还是很舒服,甚至脱口问了一句:"那究竟是什么东西?"

"是……那个……您的名声如日中天,我想烦恼大概也很多。怎么样,我没说错吧?"

"什么意思?"

"例如,因为忙而没有时间看书,因为身体不适不想看书,虽然身体很好也有时间,却找不到喜欢看的书,所以不想看等等。"

"这个嘛,倒是有的。"门马挠了挠鼻翼。

"是吧?肯定会有这种时候。"黄泉拿着小册子往前靠了靠,"敝公司研发的书评机就是给您这样的人用的。对您来说,这是最理想的工具,它可以替您看您不想看的书。"

"哦,"门马点了点头,"是吗?你的意思是我什么都不用做,它就会在一边读给我听?这样还不如自己看。听朗读太累,而且容易犯困。"

推销员竖起食指,连连咂嘴。"我不会为了推销复读机而特意跑来打扰您。这种书评机读完书后会概括主要内容、发表感想,还可以把书评打印出来。"

"啊,这怎么可能?"

"您这样想情有可原,但这是事实。而且书评机读书所需的时间很短,三百页的书十分钟就可以读完。"

"真是难以置信!"

"百闻不如一见。如果您愿意,请允许我来演示一下。"

"啊,在这里吗?"

"当然了。"

门马犹豫了。他觉得此人说的话很荒唐,却又很好奇,心想如果是骗人的,到时候把他赶出去就是了。

"好吧,那我就见识见识。"

"好的。"

黄泉打开门,一阵风似的跑了出去。

几分钟后,两个穿着工作服的男人搬来了一台小型冰箱大小的机器。黄泉跟在他们后面。

那两人把机器安置在并不宽敞的起居室内。

"那么,您有没有想让它读的书呢?"黄泉问。

"这个嘛……"既然这样就试试吧，门马这样想着，拿出了《人手收藏家》这本书。

"好的。请问您希望它做什么？让它发表一下感想如何？"

"不，先概括一下主要内容吧。我想知道故事概要。"

"知道了。您就交给我吧。"

机器的一侧有一扇门，像微波炉的门。黄泉打开门，把书放进去后关上，接着连按几个键。只听噗的一声，马达开始转动，里面随即传出哗啦哗啦的翻书声，速度惊人。

十几分钟后，声音停了。紧接着，另一侧的开口处出来一张 A4 纸，上面印满了字。门马拿起来一看，吃惊异常。《人手收藏家》的概要就在这张纸上。

《人手收藏家》

故事背景为东京。一名在涩谷中央大道游逛的女子忽然失踪，翌日她被发现遭人勒死于公园厕所内，左手不知何故被齐腕砍断，下落不明。

第二起案件发生在池袋。一名参加聚会的学生中途离场后失去了踪迹。在一家百货商场的楼顶，该学生的尸体被发现，同样手腕被砍。现场留下了第一个被害者的手，上面用红色圆珠笔写着"Lesson 1 This is a pen"。

在调查精神异常者杀人事件方面，警视厅的岩槻一正被公认为最优秀的警部。他是本案的实际指挥。此前，他的爱女被一个精神错乱的年轻人夺去了生命。凶手在逃跑过程中从高楼跳下，当即身亡。

就在岩槻等人向目击者收集信息时，第三起案件发生了。地点是在银座的地下通道，被害者是一名流浪男子。他的手也被砍下，现场遗留着第二个被害人的手，上面写着"Lesson 2 I am a boy"。

看到这里，门马感慨万分。有了这份概要，整部作品的内容就能大致了解了。

根据概要所述，同样的事件接连发生。岩槻警部通过追查凶手留下的信息，发现那是昭和四十年代中学英语教科书的目录，从而推断出罪犯曾用这种教科书学过英语。该版本教科书共有十课，由此推测凶手计划杀害十人。不久，这一连环杀人事件与岩槻女儿被杀一案产生了联系，从而弄清凶手的最终目标原来就是岩槻。岩槻想起女儿上英语口语班一事，最后查出的凶手竟如此出人意料……

门马感慨不已——看了这些，已没必要再去看书了。

"您还满意吗?"黄泉的神情充满自信,好像确信对方绝对不会不满意。

"的确不错,"门马说,"但这只是概要。你刚才说过它还能写感想和评论?"

"是的。我们也试试吧?"

"那当然好。"

"那么开始了。"黄泉说着,熟练地按下操作键。马达声再次响起。

这次 A4 纸出来得很快,上面的内容是这样的:

> 三年前因《一群猪的狂笑》崭露头角的牛饲源八,其新作《人手收藏家》又是一部恐怖小说力作,而且比前一部更胜一筹。调查精神异常者犯罪的专家岩槻受命追查怪异的杀人凶手,该凶手总是把前一被害人的手砍下,留在下一被害人身边,并在上面写下"Lesson 1 This is a pen"之类的信息。四十岁以上的读者想必对此很眼熟吧?
>
> 这是一部让人不忍释卷的小说。以岩槻为首的刑侦专家和心理专家把尸体与数字联系起来,想尽一切可能的办法,终于推断出凶手下一次犯罪的状况,布下天罗地网。至此,故事的发展似乎滴水不漏,然而

凶手却攻其不备，再次出人意料地制造了新的被害者。不久，案情与岩槻女儿被害的往事联系到了一起，形势错综复杂，故事也悄然出现了戏剧性的变化。这种手法不能不令人赞叹。

门马赞叹不已。看了这篇评论，无论如何也想象不出这竟然是机器写的。

"这是按一页四百字稿纸的量写的。"黄泉得意地挺起胸膛，"您看怎么样？"

"不错，但写的都是溢美之词。我可听说大家对《人手收藏家》这本书的评价不怎么好。"

"哦，是这样，我把评价模式设成'盛赞'这一档了。"

"盛赞？"

"您看这里。"黄泉指着操作盘。

门马往那儿一看，只见上面有一个部分名为"评价模式"，里面共有五个键，从上往下依次为"盛赞""美言""一般""批评""恶评"。

"像这样，书评的内容可以分成五档。如果担心夸得过头，可以设成'美言'或'一般'。在'一般'模式下，通常是一些无关痛痒的介绍。"

这不是和我平时的工作一样吗？门马暗忖。

"你把《人手收藏家》的书评设成'恶评'模式试试。"
"好的。"
黄泉按下"恶评"键,机器开始写书评。
很快书评打印出来了,内容如下:

    三年前因《一群猪的狂笑》而崭露头角的牛饲源八,其新作《人手收藏家》是一部披着恐怖小说外衣、实际上却不知所云的小说。作为这类小说老掉牙的手法,莫名其妙出现尸体的情节令人不屑,砍下的手出现在下一个被害人身旁的情节同样毫无新意。至于手腕上的"Lesson 1 This is a pen"这种线索,大概只能引起日本四十岁以上的读者发笑吧。
    最令读者感到难以接受的是,尽管杀人事件接连发生,故事主人公、追查精神异常杀人者的专家岩槻,以及协助其调查的鉴定人员和心理专家却只是一群装模作样的笨蛋。不用说,他们总是被凶手耍得团团转。与岩槻的女儿被杀一案发生联系是在小说的后半部分,情节突兀,过于牵强附会,最后的解谜也十分老套,让读者忍不住想大喊一声:"把书钱还给我!"

这态度转变得也太厉害了!门马惊讶极了。这样的评语他无论如何也写不出来。

"好大胆的评语。"

"实际上,我想使用'恶评'模式的情况不会太多。"

门马心想,只有故意找碴儿要跟作家打架才会用这种模式吧。

"这个,您看怎么样?"黄泉又开始搓手,"我想您基本了解书评机的性能了,"

"是啊。"门马抱着胳膊说。他已有心想买这台机器,问题是不知价格如何。如果贵得离谱就有些承受不了了。

黄泉盯着他说:"刚才我说过,这次是为了跟踪使用情况而请您试用的,所以费用之类的一概不收。"

"啊?是吗?是……免费?"

"是的。"黄泉低下头,"怎么样,可以请您试用吗?"

"这样啊。你都说到这个份儿上了,让我很难拒绝。那我就用一用吧。"

"非常感谢。"

随后,门马在黄泉拿出的几份合同上签了字。内容仔细看过了,没有任何欺诈的嫌疑。

"那么下个月我来请您谈谈感想。"说完黄泉便离去了。

门马走近机器,伸手摸了摸表面。

看来这回是捡到宝了。

这就叫绝处逢生。虽然有不少工作已临近截稿日期,但用它就可以轻松完成了。

他拿过猿田小文吾的书,打开机器的门放好,随后将目光移向操作盘。

他把评价模式设置成"盛赞",按下开关。很快,机器内响起哗啦哗啦翻书的声音。

大约十分钟后,书评出炉了。

前年凭《红脸鬼》一举摘得日本惊悚小说大奖的猿田小文吾已成为备受期待的超级新人,这是任何人都不能否认的事实,特别是其作品中体现出的民俗学造诣之深,让人难以相信这竟是一部新人之作。尽管故事情节稍显简单,却从另一个侧面反映出作者的目的是突出主题。有人指责对人物的描写过于浅薄,但为了把整个事件更准确地表现出来并把相关深奥主题传递给读者,我们完全可以理解为这部作品是有意识地将人物符号化,这样或许更为准确。

金潮社出版的《青腿河童》是这位超级新人的最新力作,我满怀期待地看完了这部作品。它不仅没有让我的期待落空,更让我体验到前所未有的感动。

故事发生在一个有河童传说的小山村,据说污染了河津川的人会遭到河童的报复。

一天,村里望族恩田家的长子回到了村里。他在二十五年前离家,现在已是一名年轻的实业家。他回来的目的是开发该山村,建起大型休闲度假村。为对付自然环境保护团体的反对,他一个又一个地收买了村里的实权人物。

看到这里,我已确信这无疑又是一部杰作。上一部作品讲的是红脸鬼的传说,这次则是河童。我对作者的内心世界竟有如此丰富的内涵深表敬佩!最初以为只是讲述一件过去的事情,但青年实业家的雄心勃勃说明这是一个有很强时代感的故事。我不得不佩服作者把握整体的高超能力。

以上似乎已经足以支撑起一部小说了,然而该作品的过人之处远不止这些。人们发现了溺水而死的青年实业家,令人费解的是尸体的双腿竟被涂上了青色,于是联系到了有关河童的传说。

第二个被害者是一位名叫江尻祐子的女医生。从她被杀后的情形看,我们只能认为她是河童传说的又一个牺牲品,但她却是开发小山村的反对者。

谜团错综复杂,恐怖步步逼近。在村落即将陷入恐慌时,出现了一个男人。他就是医学博士田之仓伸介,也是祐子的男友。

读到这里，也许有人会觉得与作者的上一部作品《红脸鬼》有颇多相似之处。的确，该作品多少发挥了上一部的长处，但也因此可以认定作者对此类型小说的写作有足够的自信。没有才能的人会因此招致千篇一律之嫌，猿田则不同，这只是他出道后的第二部作品，却由此确立了个人的写作风格。

与上一部作品一样，该小说的主题同样是自然和科学并存。这是一个多么深奥、多么宏大的主题啊！如果每写一部小说就要变换主题，只能说明作家缺乏自信。猿田就是那种在自己确定的写作道路上坚持走下去的人。

更令我拍案叫绝的是不明传染病的构思，这一内容的出现使得作品深度大增。看似毫无关联的一段插曲，却有着极其重大的意义，并一直贯串到最后。对于作者的这种写作技巧，我只有颔首赞许的份儿了。

书中涉及民俗学的描写依旧引人入胜，看完这本书，肯定能学到丰富的民俗学知识。

有意识地把人物符号化的手法效果也同样极佳。这种写作手法使得读者不必去思索和推理无关的人物，读起来自然轻松畅快。这是作者自始至终为读者着想的结果。

书中出现了较多作者习惯性的表述方式，应该是创作个性使然吧。

在小说的最后，真相大白，凶手出人意料。我坚信看到这里，没有一个读者会不啧啧惊叹。

猿田小文吾已站到推理小说界的巅峰。

3

门马正在沙发上午睡时,电话铃响了。他慢悠悠地起身拿过听筒,打着哈欠说了声:"你好,我是门马。"

"哦,门马先生,我是《小说金潮》的江本。"

"哦,你好。刚才我把稿子给你发过去了,看到了吗?"

门马捡起扔在脚边的书。这是一位名叫猫冢志乃的女作家写的恐怖小说《流浪的夜》。江本委托他给这本书写书评。本来他打算自己看书,亲自写评论,可没看多少就开始犯困,结果还是交给书评机完成了。

有了这个新式机器,门马的工作量陡然大增。因为不用亲自看也能知道故事梗概,连书评都可以代写,效率自然高了许多。特别是"盛赞"模式,更是成了他的重要武器,碍于各种各样的人际关系,再无趣的书很多时候也不得不美言一番。

只要交给书评机,一切都可轻松完成,像"缺少真实感的诡计"会变成"富于想象力的手法","拙于刻画人性"也能变成"巧妙地隐藏了人物的本性"。这些说法自己写起来会觉得非常不好意思,难以下笔,但交由机器来做,这样的辞藻可以信手拈来。

门马觉得已经离不开它了。

"我看了。这篇书评好像有一点小问题……"江本含混不清地说。

"什么问题?"

"嗯,那个……您看本周的《文福周刊》了吗?"

"《文福周刊》?没,还没看。跟它有什么关系?"

"您知道那本杂志有一个推理小说评论专栏吧?"

"哦,是友引传介做的那个吗?"

友引是年轻的推理小说评论家,和门马认识。两人的关系说不上亲密,但在聚会等场合碰到了会互相打招呼。

"友引先生在这期杂志上发表了《流浪的夜》的评论。"

"哦,是吗?"

猫冢志乃的上一部作品很畅销,现在也算颇受关注。只要她出新作,自然谁都愿意去评论一番。这对月刊非常不利,因为无论多么着急,在下一期杂志发行之前总会有一个月的空当,在此期间被周刊抢先发表的事情经常发生。

"这没办法。只要是热门作品,各家杂志社都会争相炒作。我不认为这有什么问题。"门马不以为然地说。

"我不是这个意思。友引先生为《流浪的夜》写评论不是问题,问题是内容。嗯……也许是哪里出了错,刚才您发来的评论稿和他发表的一模一样。"

"啊?"门马大吃一惊,"一样……内容完全一样吗?你确定不是相似?"

"完全一样,用词造句甚至连标点符号都一样。所以,我想……我不知道是怎么回事。"

门马说不出话了。他只能想到一种可能。

"要不我把友引先生的评论给您传真过去?"

"哦,啊,好吧。给我发过来吧。"

挂断电话,门马感觉腋下冒出汗珠。

几分钟后,传真发来了。看了这篇评论,门马只剩下呻吟了。毫无疑问,这篇评论和刚才他发给《小说金潮》的一模一样。

友引这小子!

错不了!友引传介也有一台书评机,一定也在用它完成一项又一项工作。的确,友引最近的工作量好像也增加了不少。门马忍不住踢了沙发一脚。这是什么人啊!年纪轻轻就学会偷懒耍滑了!

没多久,电话又响了,还是江本打来的。

"我知道怎么回事了,是弄错了。"门马故作轻松地说,"最近我开始保存别人的评论稿作为资料。我仔细回忆了一下,友引的这篇评论我已经归档。可能是我拿错了,错当自己的评论稿给你发了过去。对不起,给你添麻烦了。"

"哎哟,原来是这么回事。这么说您的评论稿另有一篇喽?"

"有,当然有。一会儿我就给你发过去。"

"听您这么一说我就放心了。我想也是这么回事。"

"我想再跟你确认一下。关于《流浪的夜》,完全按我的想法去写没有问题吧?不一定要说好听的,对吧?"

"这个没关系。您不看好这本书吗?友引先生可是赞不绝口啊。"

门马知道那是因为友引在书评机的评价模式上选择了"盛赞",所以现在不能使用同样的模式。

"我想写一些批评。有点对不起猫冢女士,但不要紧吧?"

"知道了,您决定吧。"

挂断电话后,门马立刻把《流浪的夜》放进书评机,在评价模式上选了"恶评"一档。几分钟后,评论就完成了。门马立刻给《小说金潮》发去了传真。

"稿件收到了。"收到传真后,江本马上又打来了电话,语调非常轻松,"哎呀呀,有意思,不同的人对同一本书的看法竟然会有天壤之别。友引先生评价为巧妙的部分,您认为过于刻意;友引先生认为描写细致的地方,让您一说,却变成了啰唆。我真是获益匪浅啊!"

我又何尝不是!门马克制住自己,没有脱口而出。

4

使用书评机已一个月了。这一天,黄泉满脸堆笑地来到门马家。

"用得怎么样?"

"机器倒是不错,但发生了一件很尴尬的事。"

"哦……怎么回事?"

"你是不是也给其他评论家送去了这种机器?像友引传介、大安良吉等。"

"哎呀,您都知道了。嘿嘿。"黄泉挠着头皮说。

"这可不是开玩笑的。拜你所赐,给同一本书写评论时,必须有人更换模式,因为要随时确认其他人的评论内容,徒增不少麻烦。"

可以想见,友引和大安等人应该也知道了门马在使用书评机,一定也和他一样费心劳神。

"关于这个问题,其他人也提出了同样的意见。"

"其他人?还不止友引和大安?"

"这个……除了评论家,我们还请了一些作家使用这种机器。"

"作家为什么要用这种东西?"

"大家各有需求嘛。作家有时候应朋友之邀给一些书写前言,有时需要替新作家的作品写推荐,可他们没时间看书,所以也很愿意用这种机器。"

可以理解。门马非常认可这个说法。应邀写前言或推荐,是因为这些作家名声在外。他们仅为了完成自己的工作就已忙得不可开交。

"还有,这种话不能公开讲,"黄泉用手挡着嘴角说,"文学奖的评委也很喜欢这种机器。特别是同时担任五六个奖项的评委,要把所有作品都看一遍实在太不容易。"说完,他咻咻地笑了。

"这些家伙太过分了。"门马事不关己似的摇了摇头,"怎么可以只看了书评机写的概要就去参加评审会呢?获奖者倒也罢了,对那些落选者就太不公平了。"

"还不止这些呢。对那些需要和同行交流却从没看过对方作品的作家也很有帮助。"

"这么说我们这个行业里用你们这种机器的相当多了。

我正在用机器的事估计大家也都知道了。等等,这样看来,出版社引进书评机也只是时间问题了?"

"文福出版社和淡淡社已经向我们下订单了。"黄泉喜气洋洋地说。

"什么!出版社用上这种东西,就不会再找我写评论了。你这样做严重妨碍了我的工作!"门马叫了起来。

"好了好了,好了好了好了。"黄泉双手前伸,不住低头,"您先别激动,请听我把话说完。的确,使用书评机,出版社就可以制造出以前的那种书评。但您应该知道,以往的书评机缺乏原创性,如果对同一本书选择同一个模式,只能出来相同的文章。"

"所以一旦出版社引进这种机器,不就糟了吗?"

"所以,"黄泉略微提高了声音,"以往的书评机有这样的缺点。今天我给您带来了一个非常好的消息。"

"好消息?什么好消息?"

黄泉从带来的包中拿出一个灰色盒子,大小比录像机稍小。

"这个叫升级装置,装上它,书评机就可以摇身一变,成为世上独一无二的门马先生专属书评机。"

"哦?什么意思?"

"装上这个装置后,把您以前写过的书评放进书评机,电脑就会记住您的习惯、爱好和价值观等。它读得越多,精确度就会越高,总有一天会成为您的第二个大脑。这样,再让它看书写评论的时候,写出的文章将具备您的独创性。"

"会吗?"门马将信将疑地盯着黄泉手上的盒子,"如果你说的是真的,它倒不失为世上独一无二的机器。"

"怎么样,您要不要装这个装置?"黄泉翻着眼珠说。

"呃……"门马彻底动心了。

好像看透了他的心思似的,黄泉又开口了:"只是,这个装置您只能花钱买。这毕竟是只属于您一个人的机器,对其他人毫无用处。"

这番话无可辩驳,门马小心翼翼地问起价格。

"如果您了解了它的性能,我想这个价格一点都不高。"做了一番铺垫后,黄泉说出了价格。听到数字,门马只觉一阵眩晕。那足够买一辆进口车了。

"不能便宜些吗?"

"请原谅。给其他几位先生的也是这个价格,没办法。"

"其他几位……"

"友引先生和大安先生等人。"黄泉微微一笑说。

浑蛋!这不是趁火打劫吗?门马心里这样想着,开口问道:"可以分期付款吗?"

5

"所以我认为《白白送命去吧》的作者并没有从本质上去描写人类,只是利用一连串暴力场面来刺激读者而已。胡乱写一些患精神疾病的人物,难道不是为了遮盖故事的不合理性吗?"

"我觉得这样也没什么不好,应该说也是一种消遣,不是吗?说起为编造故事而随意采用扭曲人性的手法,我认为《人面疮痂》显然要严重得多。尽管女主人公性格非常温和,但因为膝盖上的疮痂看上去像人的脸而不让揭掉,怎么说都不合常理吧?"

"我也有同感。不管是谁,身上结了疮痂都想揭掉。像我,只要身上有痂,立刻就会揭掉,所以伤口愈合得总是很慢。哈哈,哦,对不起,我跑题了。我还是坚持自己的意见。就像刚才说的那样,我推荐《杀,要杀就杀的时候》。

在这部作品中,女作家能把一个人内心的冷酷写到这种程度实在难得。呃,她是个家庭主妇,一位家庭主妇写出了这部作品。就凭这一点,难道我们不应该给予好评吗?"

"不,我还是不愿意放弃《人面疮痂》。"

"我推荐《白白送命去吧》。"

三人各执己见,讨论陷入僵局。

在一家位于市中心的宾馆,门马、友引和大安正在为金潮推理小说大奖新人奖召开预评会。三人对入围候选名单的三部作品取得了共识,但在推选第四部候选作品时出现了分歧。主办方金潮社认为三部候选作品太少,而六部又多了。

门马的目光落在手中的文件上,上面印有这样的内容:

《敬而远之的孩子》……A

《硬额头》……A

《脚心的黑暗》……A

《人面疮痂》……B

《白白送命去吧》……C

《杀,想杀就杀的时候》……C

这个结果是书评机给出的,是它对门马亲自看书后可能给出的评价进行预测,然后得出的。最近在黄泉的劝说下,他购买了带作品评审功能的装置。

此时,友引和大安也拿着相同的材料。最近,对于使用书评机一事,大家都不再遮遮掩掩了。他们展开的讨论与其说是在阐述各自的观点,不如说是在朗读书评机给出的答案。没有人真正看过那些作品。

"各位,看样子大家都没有让步的意思。"主持人对三人说道,他是《小说金潮》的主编。

"我不打算让步。"门马第一个开口表态。

"我也不会妥协。"

"我也是。"

主持人点了点头说:"好吧,那么讨论就到此为止。下面我们用三人对决模式来决定结果如何?"

"这也是没办法的事。"

"是啊。"

"只好这样了。"

得到三人的同意后,主持人对坐在一旁的女操作员使了个眼色,那人随即开始操作面前的电脑。

这台电脑接有三根电话线,分别和门马等人家里的书评机相连。当他们之间的讨论不能达成一致时,就让机器来比拼。这是预选会开始前定下的。

电脑屏幕上出现了狸猫、熊猫和树袋熊,它们扭打在一起。狸猫代表门马的书评机。

"上,那儿,快扔出去!"

"咬它,小心后面!"

"尾巴,攻击熊猫的尾巴!好,太好了,干得好!"

三人对着屏幕支持各自的代表。

6

作家虎山道雪看着文字处理机屏幕沉吟。新写的小说已接近尾声,他却觉得特别没有信心。这本书会有趣吗?他忽然感到很不安。他出过几本书,很遗憾,并不畅销,也从未得到过评论家的好评,进入年底推出的推理小说排行榜前十名的机会也从未降临到他头上。就在他准备从头再看一遍时,门铃响了。

来人是一个叫黄泉与实太的推销员。听说是卖书评机的,虎山摇了摇头。"向我推销这种东西,你可找错地方了。我既不是文学奖的评委,也没在杂志上开评论专栏,连作家对谈都不找我。总而言之,我没有非看别人作品不可的时候。"

黄泉听罢笑眯眯地点了点头。"是的,这一点我非常清楚。我这样说有点失礼,您现在的确还没有受到太多读者的关注，或者说是认可。"

"我的确没影响。"虎山的语气明显很不高兴。

但黄泉丝毫不以为意，依然笑容可掬地靠近。"对于您这样的人来说，我这里有一件再好不过的商品。"他话音未落，门开了。两个身穿工作服的男人抬着一台复印机般的东西走了进来。

"等等。搬这东西来只会给我添麻烦。"

"您别急，先听我解释。虎山先生，我可不可以借用一下您写的原稿？稿纸也行，磁盘也可以。"

"你想干什么？"

"您别紧张。这绝对值得您试一试。"黄泉的脸上浮现出意味深长的笑容。

虎山本想一口回绝，但还是在好奇心的驱使下拿起了桌上的一张磁盘。"这是未发表的原稿。"

"好。"黄泉把磁盘放进机器，按了一个键。不一会儿，机器吐出一张纸，上面写着些什么。黄泉说："请您过目。"

看到纸上的字，虎山不由得叫出了声。

> 主人公的出场早了两页
> 三十二页的格斗场面增加五行
> 删除四十五页开始时对政界的说明

五十八页对毒岛一雄的描写再恐怖些

六十三页增加一个神秘的中国人

"这是什么呀？写作指导？"

听到虎山的疑问，黄泉咂嘴不已。"这东西可没这么简单。这是针对目前社会上流行的书评机的功能而推出的机器，叫书评机杀手。"

"书评机杀手？"

"就是说，书评机并非完美无缺。那个商品是我们研发的，我们很清楚小说怎样写才能得到它的好评。这台书评机杀手就是给作家提供建议的机器。"

"太厉害了！"虎山歪了歪脑袋说，"但现在的书评机已经附带了评论家的个性，又怎么会知道他们可能做出怎样的评价呢？"

"不同的评论家当然会做出不一样的评价。但只要看看每年的排行榜前十名就可以知道，对于位居第一、第二的作品，所有评论家给出的都是 A。书评机杀手正是以此为目标研发的。"

"你的意思我明白，但这样真能写出有意思的小说吗？"

黄泉闻言，皱着眉直摇头。"您误会了。书评机杀手不是用来帮您写出有意思的小说的机器，而是帮您写一些会令书评机给出较高评价的小说。我看过以这种方式写出的作品,说实话没什么意思。"

"那还有什么意义?"虎山说。

黄泉奇怪地问了句:"为什么没有意义?"

"什么为什么……"

"虎山先生,现在几乎所有评论家都在用书评机工作,他们根本不看书,说所有发表的评论都是由书评机完成的也不为过。读者看了这些评论后才决定买书。总之,作家写作的时候一定不能忘记有一种叫书评机的机器。还有,文学奖的评委大部分也是以书评机给出的评价为依据的。您不能永远以读者为对象去写小说,必须改变观念。使用书评机杀手,在它的帮助下写小说,然后一举成为畅销书作家吧!"

在黄泉的游说攻势面前,虎山只有点头。

7

"啊,又卖出去一台。"离开虎山家后,黄泉咕哝了一句。

继书评机之后,书评机杀手的销售也异常顺利。那些影响力不够的作家和立志当作家的人都心甘情愿地掏钱购买。

黄泉的公司正计划推出下一种新产品,是面向一般读者而研发的,名称已定为"不懂装懂机"。这种机器其实就是简化了书评机的一些功能,把书放进去,机器会按照操作者的指令输出类似概要、如何有趣、如何无聊等内容。

黄泉等人认为,世上没有多少真正喜欢看书的人。

身处当今这个社会,有充足时间优哉游哉地看书的人不可能存在,有的只是那些不看书就会产生罪恶感、曾经有过读书爱好或希望自己看上去更知性一些的人。只有这些人才会去书店买书,而他们追求的也只是看过书这一结果。这真是一个稀奇古怪的时代！不看书却渴望成为作家的人有增无减，一般读者不了解的文学奖项有增无减，销量并不好的书却能进入排行榜前十名。书籍这一实体正逐渐消失，萦绕着它的种种幻象却异常繁荣。

　　读书究竟是什么？黄泉暗暗思忖。

图书在版编目(CIP)数据

超杀人事件 /（日）东野圭吾著；计丽屏译. -- 2
版. -- 海口：南海出版公司，2019.7
ISBN 978-7-5442-9484-3

Ⅰ. ①超… Ⅱ. ①东… ②计… Ⅲ. ①短篇小说-小
说集-日本-现代 Ⅳ. ①I313.45

中国版本图书馆CIP数据核字(2018)第252715号

著作权合同登记号　图字：30-2018-146

CHO SATSUJIN JIKEN - SUIRISAKKA NO KUNOU
By Keigo HIGASHINO
© Keigo HIGASHINO 2001
Original Japanese edition published by SHINCHOSHA Publishing Co., Ltd.
Chinese(in simplified character only) translation rights arranged with
SHINCHOSHA Publishing Co., Ltd. through BARDON CHINESE CREATIVE
AGENCY LIMITED, Hong Kong.
All rights reserved.

超杀人事件

〔日〕东野圭吾 著
计丽屏 译

出　版	南海出版公司　(0898)66568511
	海口市海秀中路51号星华大厦五楼　邮编 570206
发　行	新经典发行有限公司
	电话(010)68423599　邮箱 editor@readinglife.com
经　销	新华书店
责任编辑	张　锐
特邀编辑	杨雯潇　崔　健
装帧设计	韩　笑
内文制作	王春雪
印　刷	北京盛通印刷股份有限公司
开　本	850毫米×1092毫米　1/32
印　张	8.5
字　数	147千
版　次	2011年7月第1版　2019年7月第2版
印　次	2023年4月第29次印刷
书　号	ISBN 978-7-5442-9484-3
定　价	49.50元

版权所有，侵权必究
如有印装质量问题，请发邮件至 zhiliang@readinglife.com